Hin- und Hergeschichten

D0764702

Franz Hohler
und Jürg Schubiger
Hin- und Hergeschichten

Nagel & Kimche

© 1986 Verlag Nagel & Kimche AG
Alle Rechte der Verbreitung, auch durch Film, Funk und Fernsehen,
fotomechanische Wiedergabe, Tonträger jeder Art und auszugsweisen
Nachdruck sind vorbehalten
Umschlag von Heinz Unternährer
Gesetzt in der Baskerville-Antiqua
Satzherstellung: Büchler+Co AG, Wabern
Druck- und Bindearbeiten: Wiener Verlag, Himberg
ISBN 3-312-00118-8

Jetzt gerade fühle ich mich wie der Bremser
einer Langholzfuhre, jener Mann, der zuhinterst am Lastwagen, nahe dem Auspuff, auf
einem schalenförmigen Sitzchen klebt und an
einer kleinen Kurbel dreht, die nichts anderes
als die Bremse sein kann.

Die Fuhre ist auf einer langen geraden Strecke
abwärts unterwegs und fährt immer schneller.
Einer kriecht auf den blanken Baumstämmen
zu mir nach hinten und ruft mir zu: «Bremser!
Du mußt bremsen!»

Ich drehe meine Kurbel so fest zu, wie ich kann,
aber sie greift nicht.

«Ich habe getan, was ich konnte!» schreie ich zu
dem auf den Baumstämmen, «geh zu denen in
der Führerkabine!»

Entsetzen im Gesicht des andern. «Die wollen
nicht bremsen!» brüllt er. «Ich springe ab!»

Ich sehe, wie er über mich weg stürzt und reglos
auf der Straße liegenbleibt, und ich beschließe
zu bleiben und an meiner Kurbel zu drehen,
und der Lastwagen fährt schneller und schneller
und die Kurbel greift nicht und greift nicht und
greift nicht

F. H.

Jetzt gerade bin ich in Chantemerle-lès-Grignan
(Drôme) im Hause eines Bekannten, sitze beim
Fenster, auf dem Tisch vor mir liegt ein totes
Insekt.

Gestern, an diesem selben Tisch, fing die Geschichte an. In einen Brief vertieft, fuhr ich mit
der Hand an eine Stelle meines linken Beines,
an der es mich kitzelte. Ich traf ein kleines Tier,
einen langbeinigen Käfer mit wespenartig
schwarzgelb gestreiften Hornflügeln.

Als ich Stunden später über die Hecken und
Weiden hinausschaute, sah ich das Insekt aus
den Augenwinkeln wieder. Es kroch in der Fen-
sternische empor, indem es das Beinpaar am
Rumpfende leblos hinter sich her zog. Auf der
Höhe meines Kopfes blieb es stehen und ver-
harrte.

Um Mitternacht legte ich mich auf die Matrat-
ze neben dem Tisch. Gegen zwei oder drei Uhr
weckte mich eine Bewegung meiner eigenen
Hand, ihr Schlag auf meine linke Wange. Ich
hatte dort, wie ich mich nun erinnerte, ein
Kitzeln gespürt, glaubte auch, etwas Bewegli-
ches weggewischt zu haben. Ich machte Licht
und suchte am Boden herum, fand aber nichts.
An den verschiedensten Stellen fing es mich zu
jucken an. Ich strich über die Stirn, über einen
Arm, über ein Knie und faßte dann, schon

wehrlos lachend, an den Nacken. Hier spürte ich es: so plötzlich hart und zerbrechlich konnte nur etwas Wirkliches sein. Ich wischte es auf den Boden. Es war der Käfer. Er bewegte bloß noch das vorderste Beinpaar und die krummen Fühler. Mit dem Finger drückte ich seinen Kopf in den Teppich. Er war nicht leicht zu töten.

Nun liegt er vor mir auf dem Tisch, den Kopf dicht an der Platte, mit schräg aufragendem Hinterleib. Und ich weiß nicht, ob ich mich jetzt, da unsere Geschichte zuende und aufgeschrieben ist, behaglicher fühle, oder wie.

J. Sch.

«Wohin des Wegs?» rief mir ein Insekt zu, das sich an eine Haustüre lehnte.

«Nach Winterthur!» rief ich fröhlich zurück und ging weiter. Plötzlich dachte ich, was war das eigentlich für ein Insekt? Ruft einem Dinge zu, lehnt an einer Haustür. Ich drehte mich um, und tatsächlich lehnte das Insekt immer noch an der Haustür, gut menschengroß, hatte eines seiner Beine auf die Klinke gedrückt und ließ die Fühler über das Treppengeländer baumeln.

«Ist etwas?» rief es mit scharfer Stimme.

«Nein!» rief ich zurück, «nein, keineswegs!»

Ich versuchte, so weiterzugehen, als ob nichts wäre, aber ich beschleunigte doch meinen Schritt, und ich beschleunigte ihn noch mehr, als ich hinter mir ein Trampeln hörte, und als ich spürte, wie etwas meinen Nacken streifte, rannte ich, wie ich in meinem Leben noch nie gerannt war.

F. H.

Ich sitze in einem Korbstuhl auf einer Holzter-
rasse, die steilen, dunklen Bergwäldern zugewandt ist.

«Schnelläufer» nennt mich eine der Pflegerinnen, manchmal sogar «unser tapferer Schnell-
läufer».

Daß ich so heiße, wie die übrigen Pflegerinnen
und die Ärzte mich nennen, habe ich auf dem
Führerschein nachgeprüft. Auch mein Vorname, Rudolf, scheint zu stimmen. Meine Frau,
sie saß heute stundenlang in einem unserer
Stühle, sagte «Rüedel» zu mir. Sie ist eine sehr
sympathische Erscheinung! Einzig ihre Unart,
jede Mitteilung wie eine Frage zu betonen – die
Ermunterung zum Essen wie die Nachricht
über Schulschwierigkeiten der Kinder –, hat
mich nervös gemacht. Gegen Mittag zog sie die
weiße Strickjacke aus und ließ mich ihre Schlüs-
selbeine sehen. Ein wunderbarer Anblick, diese
gespannte Haut über den beiden schattenwer-
fenden Knochen unter dem Hals! Sie heißt Syl-
via, mit Ypsilon. Das kann ich auf einem Zettel,
den sie hinterlassen hat, jederzeit nachlesen. Ich
war, ehrlich gesagt, doch fast ein wenig erleichtert, als sie wieder ging.

Die Sonne steht jetzt tief. Die Zweige der Eber-
esche, die über die Brüstung auf die Terrasse
hereinragen, sehen aus wie gespreiztes Gefieder.

An der alten Hausmauer wächst eine braun-
graue Schüsselflechte, Parmelia omphalodes.

J. Sch.

Ich war schon eine Weile wach und konnte
immer noch nicht glauben, daß ich in einem
Korbsessel saß, oder lag, denn eigentlich war es
so, daß ich mit dem Oberkörper saß und mit
den Beinen lag. «Was soll ich hier?» dachte ich
und schaute zum Fenster hinaus, wo man unter
den halb heruntergelassenen Markisen eine
Allee sah.

Nun näherte sich eine Gruppe von Weißgeklei-
deten, in der Mitte ein großer Mann mit einer
Brille. Als ich diesem die Hand geben wollte,
spürte ich, daß ich sie nicht von der Lehne des
Korbsessels heben konnte. Bevor ich ein Wort
hervorbrachte, hatte mich der Große schon kurz
angeschaut, hatte «Der bleibt noch» gesagt und
war mit seinen Leuten weitergegangen.

Ich versuchte immer noch, meine Hand zu heben, und merkte nun, daß sie an der Lehne
angewachsen war, mehr noch, daß die Adern
auf dem Handrücken aus demselben Bast waren, aus dem auch die Korbsessel bestanden,
und als ich den Kopf mit Mühe zu den andern
Patienten wandte, sah ich, daß bei einigen nicht
nur die Arme aus Bast waren, sondern auch das
Gesicht und der ganze Oberkörper, ja daß sie
zum Teil vom Korbsessel kaum zu unterscheiden waren, und als ich nun, endlich, meine
Stimme erheben konnte und nach einer Kran-

kenschwester rief, tauchte zuhinterst auf der Terrasse, mit leicht schleppendem Gang, ein wirres Bündel von Bast und Weiden unter dem Arm, ein Korbflechter auf und kam, neben den andern Sesseln vorbei, langsam auf mich zu.

F. H.

Seine vier runden Beine sind mit Sprossen ver-
strebt und suchen in einer leichten Grätsche
sicheren Stand; die beiden vorderen enden unter dem Sitz, die beiden hinteren gehen in den
tragenden Teil der Lehne über, deren Querstä-
be mit einer Biegung dem menschlichen Rücken
entgegenkommen. Die Sitzfläche aus dünnem
Sperrholz ruht, mit Rundkopfnägeln befestigt,
auf einem Rahmen. Eine Mulde in der Mitte
des Sitzes räumt dem Gesäß Platz ein. Sie ist
mit einer zweiseitig symmetrischen Prägung
verziert. Das Ornament erinnert an einen Pfau,
der seine Schwanzfedern fächerförmig ausbreitet: aus einem von eingerollten Blättern flan-
kierten Oval, einem Medaillon, wachsen orga-
nische Linien nach drei Seiten zum Rand des
Kreises. Das ganze Zeichen läßt sich auch als
Spiegelung jener Körperteile lesen, die sich,
wenn der Stuhl benutzt wird, unmittelbar über
der Sitzfläche befinden.
Möbel, das verdeutlicht dieser Stuhl, stellen,
wie Küchengeräte und Werkzeuge, Abbildun-
gen unseres Körpers dar. Wenn wir einmal
ausgestorben sind, läßt sich unsere Gestalt aus
der Einrichtung unserer Wohnungen und
Werkstätten zuverlässig ermitteln. Unser
Wuchs und die Bewegungsmöglichkeiten unserer Schulter-, Ellbogen- und Handgelenke wer-

den an Türen, Schubladen und Kaffeemühlen abzulesen sein. Für die Rekonstruktion unserer unteren Teile werden Stühle unschätzbare Dienste leisten.

J. Sch.

Mein Tisch ist sehr groß.

Wenn ich beide Arme ausbreite, was sage ich,
ausspanne, als wollte ich mich wie ein Adler
erheben und davonfliegen, dann bleibt immer
noch links und rechts ein Stück. Lehne ich mich
ganz nach vorne über den Tisch wie ein Säufer,
gelingt es mir nicht, mit den Fingerspitzen den
vorderen Rand zu erreichen, meine Hände liegen dann auf den Manuskriptmappen, die in
verschiedenen Haufen fast die ganze Länge des
Tisches besetzen. Zuoberst sind die Arbeiten,
die ich nächstens in Angriff nehmen will, das
heißt das Material und die Notizen dazu, oder
die Textsammlungen, die ich ab und zu ergän-
ze, zum Beispiel «Gedichte» oder «Parodien»
oder «Übersetzungen», und darunter liegen die
Mappen mit älteren Sachen. Die Haufen sind so
hoch, daß ich bei den meisten nicht mehr weiß,
was zuunterst liegt.

Rechts außen stehen einige Notizbücher und ein
Duden, daneben auch leere Bücher, Blindbän-
de, die ich irgendwann einmal von Verlagen
ergattert habe und irgendwann mit etwas zu
füllen gedenke.

Dann kommt ein Umschlag mit Botschaften
meiner Kinder, die ich mir aufhebe, also Zettel, die sie mir auf den Tisch legen oder an
die Türe kleben, wenn ich nicht da bin, und

auf denen Sätze stehen wie «Schlaffe bei Lukas. Kaspar».

Die leeren Blätter, die Briefpapiere, die Briefcouverts und die Kohlepapiere sind auch auf der rechten Seite. Links von mir Briefe mit Bitten um Beiträge zu Anthologien, bei den meisten habe ich auf den Umschlag ein Datum und ein Stichwort geschrieben, zum Beispiel «Heimweh, Ende März 85». Dann folgen die neueren Texte, und davor liegt immer das, woran ich gerade arbeite, und links davon eine Schachtel mit Entwurfspapier, das ist Papier, welches auf der Rückseite kaum beschrieben ist und das ich noch für Entwürfe brauchen kann. An der äußersten Kante des Tisches ist ein gelbes Couvert mit meinen Träumen, und meistens liegen auf dem Stuhl neben dem Tisch noch Bücher, die ich eigentlich lesen will oder die ich zum Recherchieren brauche, häufig setzen sich die Ablagerungen bis auf den Boden fort.

In der Mitte aber, in der Mitte vorn auf dem Tisch steht meine Schreibmaschine, und diese Schreibmaschine liebe ich, ich habe sie von meinem Vater, der sie von seinem Schwiegervater hat, sie ist mindestens fünfzig Jahre alt, und ich lasse sie immer wieder pflegen und reparieren, wenn ihr etwas fehlt, und wenn ich vor ihr

sitze, bin ich fast wie der Säufer, der vor seiner
Flasche sitzt, aber ein bißchen bin ich auch wie
ein Adler, der jetzt dann gleich seine Schwingen
ausbreitet und sich in die Luft erhebt.

F. H.

Zu meinen Tischen gehören ein paar blanke oder mit bunten Kunstfasertüchern bedeckte Wirtshaustische im Zürcher Milchbuck-Quartier. Ich teile sie mit Leuten, die ihre Ellbogen schwer aufstützen, als müßten sie die Möbel am Wachsen hindern.

Gestern, am späten Nachmittag, saß eine Frau Mitte Fünfzig mir gegenüber, die einen Teebeutel mit den Fingern ausquetschte und die Finger am Tischtuch abrieb. Dann kam ein etwa zehn Jahre jüngerer Mann dazu mit flehenden Augen und mit Lippen wie Himbeeren; er gab der Frau die Hand, tat das aber so zögernd, daß die Begrüßung, wohl gegen seinen Willen, eher bedeutungsvoll als flüchtig ausfiel. Er setzte sich neben sie, bestellte ein Bier, eine «Stange». Nach dem ersten Schluck begann er zu schimpfen: sie habe versprochen, *da* nicht mehr hinzugehen, nun sei sie *da* doch wieder hingegangen. Die Frau zwinkerte mit den Lidern; sie hatte Mühe standzuhalten, blickte gewissermaßen gegen den Strom. «Du trinkst alles durcheinander», sagte sie, «Wein und Bier durcheinander.» Er, sehr bitter, stellte richtig, er habe nur dieses eine Glas Bier, es sei das erste, und von Wein könne schon gar nicht die Rede sein. «Ist ja auch noch nicht Abend», preßte sie heraus. Die beiden verstummten. Nach einer langen Pause

stand die Frau mit einem Ruck auf, die Augen
kalt und leer, um sich an einen Nebentisch zu
setzen, wo sie ihren Tee, wie sie im Gehen sagte,
in Ruhe trinken könne.

Als ich nach meiner Jacke griff und mich mit
einem Wort vom Mann und mit einem Nicken
von der Frau verabschiedete, spürte ich Respekt
vor der Verzweiflung des Paares.

J. Sch.

In meinem Quartier befindet sich auch ein Sex-Shop.

Dort sitzt, umgeben von Lederpeitschen, Massagestäben, Liebeskugeln, künstlichen Gliedern und Titelbildern, auf denen sich Mädchen mit weit aufgerissenen Schenkeln lustvoll begatten lassen, eine freundliche alte Frau an der Kasse, und während aus der Pornofilmkabine geseufzt und gestöhnt wird, strickt sie an einem Pullover, den sie sogleich sinken läßt, wenn man die Präservative vor sie hinlegt. Sie steckt sie in einen Briefumschlag, klebt diesen mit Scotchband zu, kassiert das Geld, und während man sich verabschiedet und diskret durch den Ladeneingang in den sonnigen Nachmittag hinaustritt, nimmt sie den Pullover wieder auf und strickt weiter, im Licht von farbigen Lämpchen, allein mit dem Seufzen und Stöhnen der Videokabine.

F. H.

Ein Bräutigam trat, die Braut auf den Armen,
über die Schlafzimmerschwelle. Er setzte die
Braut auf einen Stuhl und sich selber auf einen
anderen.

Die Hochzeitsnacht, das wußten beide, war eine
besondere Nacht; nun waren sie gespannt auf
das Ereignis, das mit glänzenden Gesichtern
stets bloß angedeutet, nie ausgeplaudert worden
war. So saßen sie und warteten. Der Bräutigam
lockerte seine Krawatte, die Braut legte den
Brautkranz, der ihr zum rechten Ohr hin ver-
rutscht war, auf die Glasplatte des Raucher-
tischchens. Sie schwiegen und horchten, als
könne ihre Aufmerksamkeit dem Ereignis die
Ankunft erleichtern. Das Geräusch des Aufzugs
ließ sie den Atem anhalten, obwohl sie ahnten,
daß eher das Blähen des Vorhangs vor dem
offenen Fenster dazu geschaffen war, etwas
anzukündigen.

Der Kopf des Bräutigams war schon dreimal
vornübergesunken und zweimal mit einem Seuf-
zer wieder hochgekommen, als die Braut ihm
vorschlug: «Leg dich hin. Ich wache einstwei-
len.»

Der Mann gehorchte mit einem sympathischen
linkischen Widerstreben. «Du weckst mich,
gell –» sagte er, tiefer atmend, und schon schlief
er.

Nun war die Braut allein mit dem Auf-und-Ab
dieser Männerbrust, die dann und wann bereits
von einem Schnarchen erschüttert wurde. Sie
sah zwei behaarte Handrücken; sie wußte, daß
die in den Ärmeln versteckte Haut ähnlich aus-
sah, und ohne Umschweife stellte sie sich auch
die Brust ganz behaart vor. Dieses letzte Bild
rückte immer näher, bis sie es nicht mehr sah,
nun aber zu riechen glaubte. Als ein lautes
Schnarchen des Mannes sie aufschreckte, merkte sie, daß sie für einen Augenblick eingenickt
war.

Sie weckte den Bräutigam. Der blickte sie so
verwundert an, als sei *sie* das Ereignis. Er erhob
sich, und sie legte sich hin. Sie spürte die Wär-
me, die er hinterlassen hatte.

Jetzt war er es, der wachte. Mit schweren Lidern schaute er sie an, wie sie dalag, auf dem
Bauch, eine Faust um einen Zipfel des Kissens
gepreßt. Er betrachtete ihre Fußsohlen. Diese
kleinen Landschaften hatte er noch nie oder
noch nie so ungestört und so deutlich gesehen,
und eine unbändige Lust, weitere Teile des weit
verzweigten Frauenkörpers kennenzulernen,
überkam ihn.

Als es vor dem Fenster hell wurde, löschte der
Bräutigam das Licht und legte sich neben die
Braut. Das Ereignis war ausgeblieben. Es konn-

te den Brautleuten aber, wie sich noch am
selben Morgen erwies, durchaus gestohlen werden.

J. Sch.

Ein junger Mann und eine junge Frau saßen auf
einer Parkbank und liebkosten sich heftig. Neben ihnen saß ein älterer Mann mit einer Glatze
und seufzte. «Das ist ja für mich alles vorbei»,
sagte er sich, dachte an seine über dreißigjährige Ehe und schaute voll Ekel zu, wie sich die
Hand des jungen Mannes in die Hüfte der Frau
krallte. Plötzlich dachte er: «Warum eigentlich?
Wieso sollte auf mich keine Frauenhüfte warten,
in die ich meine Hand krallen kann?» Und er
stand auf und ging in die Hemdenabteilung
eines Warenhauses, wo eine ältere Verkäuferin
mit kurzgeschnittenen grauen Haaren und
blauen Augen wirkte, die ihm schon aufgefallen
war.
Ohne Umschweife fragte er sie, ob sie mit ihm
nachtessen wolle, eine Einladung, die sie gleich
annahm, denn auch sie hatte gerade an ihre
dreißigjährige Ehe gedacht und sich gefragt,
was eigentlich die Hemden sollten, die sie all
den Männern verkaufte.
Sie gingen zusammen in einen Landgasthof, wo
sie auch die Nacht über blieben, und der Mann
krallte seine Hände in die Hüften der Frau, daß
es eine Freude war.
Von nun an ertrug er den Anblick eines Liebes-
paares wieder, ja er mußte sogar lächeln, wenn
er über die Parkbänke schaute, und die Frau

verkaufte ihre Hemden mit ungewöhnlichem, fast saloppem Schwung.

Die Ehepartner der beiden jedoch, was war mit denen?

Es tut mir leid, aber die interessieren mich nicht.

F. H.

Die Frau des Mannes mit der Glatze steht in einer bis aufs äußerste möblierten Wohnung. Die Möbel, die wertvoller aussehen als etwas, das Wert hat, schlagen, eine wütende Welle der Einrichtung, an allen Wänden empor bis hinauf zur Decke. Von ihrer Tochter hat die Frau kürzlich einen mit bäuerlichen Blumenmotiven bemalten Klosettpapier-Vorratsständer geschenkt bekommen: einen aus einem Sockel ragenden Stab, auf den man sechs Klosettpapierrollen stecken kann. Der abnehmbare Knauf, der oben den Abschluß bildet, sieht aus, als hindere er die Rollen am Weggleiten, was bei der vertikalen Anordnung des Ganzen natürlich Unsinn ist.

Die Frau steht mitten im Wohnzimmer. Sie gleicht einem Menschen, der horcht. Sie weiß, daß sie eben aus der Küche kam, und hat vergessen, wohin sie unterwegs ist.

Der Mann der Hemdenverkäuferin ist ein zuverlässiger Drucker, Leiter der schrumpfenden Buchdruckabteilung eines wachsenden Offsetbetriebes. Da er den jungen Arbeitern mißtraut und sie sein Mißtrauen auch rechtfertigen, macht er viele Arbeiten selber. Nach Feierabend braucht er noch eine Stunde oder zwei, um sich auf den folgenden Tag vorzubereiten und die Arbeit der Jungen, denen er nicht vier-

telstündlich über die Schulter zu schauen wagt,
zu kontrollieren. Zu Hause erzählt er der Hemdenverkäuferin von Störungen im Arbeitsablauf
und von Aufgaben, die anzupacken oder abzu-
schließen sind.

J. Sch.

Eine Frau stand einmal mitten im Wohnzimmer und schaute ihren Schrank an. Dieser Schrank war ein geerbtes Unding aus Kirschbaumholz, das fast die ganze Länge der Wand einnahm, an welcher er stand, und sogar noch ein bißchen in die Fensteröffnung der zweiten Wand hinein-ragte. Dies machte das ganze Zimmer etwas dunkler und erschwerte auch das allabendliche Schließen der Fensterläden, man mußte sich ziemlich verrenken, um zum Ausklinkhaken des linken Fensterladens zu gelangen, ebenso, wenn man ihn am Morgen wieder einhängen wollte. Der Schrank reichte bis ganz knapp unter die Decke. Er war so groß, daß seinerzeit die Woh-nung um den Schrank herum gesucht werden mußte.

Nun stand die Frau vor diesem Schrank und überlegte sich, was sie eigentlich hatte tun wol-len. Sie trug einen Stapel schwerer Barchent-leintücher auf ihren Händen, und jetzt kam ihr wieder in den Sinn, daß sie diesen Leintüchern einen neuen Ort zugedacht hatte, nämlich das unterste Fach des Kirschbaumschrankes und nicht wie bisher das mittlere Fach des Schlaf-zimmerschrankes. Dieses Fach hatte sie schon lange nicht mehr geöffnet, sie wußte nicht ge-nau, was eigentlich darin versorgt war, viel-leicht der Fondue-Caquelon oder der Raclette-

Ofen, Dinge jedenfalls, die sie seit Jahren nicht mehr gebraucht hatte.

Sie kauerte sich also nieder, öffnete, indem sie die rechte Hand mühsam unter den Barchentleintüchern hervorstreckte, das unterste Fach und schrie laut auf. Ein dunkler kleiner Schatten flitzte heraus, sie ließ die Leintücher sofort los, merkte, daß sie auf diesen Schatten fielen und stemmte beide Hände auf das Bündel, kniete auch darauf und drückte so lange mit ihrem ganzen Gewicht, bis sich unter den Leintüchern nichts mehr regte.

Dann hob sie das Bündel vorsichtig auf. Darunter lag eine zerquetschte Ratte. Leicht wimmernd holte die Frau einen Plastiksack und eine Zeitung, faßte die Ratte mit der Zeitung an und warf sie in den Plastiksack und schmiß dann alles in den Abfalleimer. Als sie aufatmend in die Stube zurückging, hörte sie im Schrankfach ein Rascheln und ein Piepsen. Erst nach einer Weile wagte sie hineinzublicken, und da sah sie in der Kartonschachtel mit dem Christbaumschmuck ein Nest mit einem halben Dutzend kleiner Ratten, die hilflos und verstört in der Schachtel herumkrabbelten.

Die Frau setzte sich auf die Barchentleintücher und schaute lange in den Schrank.

Dann ging sie in die Küche, füllte ein kleines

Schälchen mit Milch und stellte es zu den jungen Ratten in die Schachtel mit dem Christbaumschmuck.

F. H.

Mir kommt ein korsischer Winter in den Sinn,
September 57 bis April 58, und unser Zusam-
menleben mit den Ratten.

Mit den letzten Touristen waren wir an die
Südspitze der Insel, nach Bonifacio, gelangt.
Ein paar Wochen später gab es außer uns keine
Fremden mehr im Städtchen, nur noch die algerischen Rekruten und Offiziere, die draußen, im
ödesten Teil der Landzunge, zwischen Friedhof
und Meer ihre Kaserne hatten. Mit der arabischen Musik, die in manchen Bars gespielt wurde, und mit dem Gleichschritt der Wache
nachts in den Gassenschluchten waren sie ein-
dringlich gegenwärtig. Wir haben sie nicht
wirklich kennengelernt. Wir lebten mit den
Korsen, auf dem Feld, im Buschwald und im
Café, und die sorgten für Abstand. Als einer der
algerischen Rekruten, weil ihm kein Weih-
nachtsurlaub zugestanden worden war, in unse-
rem Lokal weinend und fluchend einen Tisch
und Stühle zu zertrümmern anfing, schoben uns
die Wirtsleute zusammen mit anderen zivilen
Gästen nach hinten in die Küche. Jean, der im
Alters- und Irrenheim als Koch arbeitete und
der unter dem Hemd immer eine Pistole im
Hosenbund trug, gab uns Rückendeckung. Als
die Wache den verzweifelten jungen Mann ab-
geholt hatte, kehrten wir ins Gastlokal zurück.

Die Armee, sagte Jean, vergüte solche Schäden zuverlässig.

Der Wirt des Cafés, ein alter Einäugiger, dem einmal ein Flintenschuß in der verkehrten Richtung losgegangen war, hatte uns eine Wohnung vermietet. Außer der Küche und dem Schlafzimmer gehörte auch ein Dachboden dazu, zu welchem, dem hellblauen Kamin gegenüber, eine steile Holztreppe emporführte. An der Eingangstür, die zugleich die Küchentür war, fehlten Klinke und Riegel. Wir hatten uns angewöhnt, als Ersatz ein Messer mit einer langen Klinge zu verwenden. Es ließ sich so in den Bügel am Türrahmen einschieben, daß die Tür zu blieb.

Hier also, und das ist es eigentlich, was ich erzählen wollte, wohnten wir mit den Ratten zusammen. Der Dachboden und der Schrank, der den Raum unter der Holztreppe einnahm, gehörte den Tieren; wir Menschen hatten für uns das Schlafzimmer reserviert. Die Küche teilten wir: tagsüber und abends gehörte sie uns allein, nachts den Ratten. Es brauchte eine Zeit der gegenseitigen Gewöhnung, bis alles klar war. Am Anfang fraßen die Tiere, wenn wir schliefen, was in der Küche herumlag, und stießen auch Teller und Gläser vom Tisch, daß sie auf dem roten Steinboden zerschlugen. Wir

mußten unsere Habe im Schlafzimmer aufbe-
wahren. Da wir den Ratten nur dann etwas
vorenthalten konnten, wenn wir ihnen auch etwas gaben, fütterten wir sie mit altem Brot. Wir
warfen die harten Brotstücke über die Treppe
auf den Estrich und hörten beinahe gleichzeitig
mit dem Aufschlagen des Brotes ein vielfüßiges
Scharren und vielbäuchiges Rumpeln. Es war,
als seien die Ratten längst schon im Kreis um
die Stelle versammelt gewesen, an der das Brot
hinfiel.

Die Geräusche der Tiere waren uns vertraut
geworden, aber wir bekamen sie nur selten zu
Gesicht. Dabei hätten wir auf ein Scharren hin
nur den Schrank zu öffnen brauchen, um uns zu
versichern, daß sie grau, gelblich geschwänzt
und flink waren. Wenn wir es nicht taten, gehörte das zu unserer nachbarlichen Überein-
kunft. Es war ja gerade die Scheu, die uns
verband und die dem Gefühl der Achtung sehr
ähnlich war.

J. Sch.

In China wurden früher Ratten zum Vollzug von Hinrichtungen eingesetzt. Man befestigte zum Beispiel einen Käfig am Bauch des zum Tode Verurteilten und setzte eine Ratte hinein, die dem Unglücklichen nach und nach die Eingeweide herausfraß. Solche Hinrichtungsarten nannte man «Langsamer Tod», und sie wurden nur zur Sühne von besonders schweren Verbrechen angewandt. Übrigens enden die alten chinesischen Kriminalromane nicht einfach damit, daß der Täter aufgespürt und erwischt wird, sondern es wird immer noch haargenau beschrieben, wie man ihn bestraft. In Shanghai habe ich eine Oper gesehen, die damit aufhört, daß die hintergangene Frau mit Hilfe von vier Dienerinnen ihren Mann verprügelt. Über dieser Szene schließt sich der Vorhang, und die Zuschauer sind höchst zufrieden. Diese Oper, sagte man mir, gehöre zu den populärsten im südlichen China und sei ein klassisches Werk. Und heute?
Heute sind alle Chinesen freundlich. Sie winken die Touristen unermüdlich in ihre Reisebusse, bringen verlorene Brieftaschen über große Distanzen zurück, und schon die Vierjährigen sitzen ganz ruhig an ihren Tischchen im Hort und schauen lächelnd vor sich hin. Zwei Velofahrer, die frontal zusammenstoßen, rappeln sich auf,

prüfen ihre Fahrräder, wechseln ein paar Worte und fahren dann weiter, verdutzt, nicht empört. Ich war drei Wochen in China und habe fast nie ein böses Wort gehört. Einmal, gegen Ende der Reise, habe ich eine unserer Dolmetscherinnen, eine sehr zarte Person, am Morgen gefragt, ob sie in der Nacht geträumt habe. Als sie ja sagte, habe ich sie gefragt, wovon, und da sagte sie, vom Teufel.

Da war ich beruhigt.

F. H.

Ich habe von einem Chinesen geträumt, einem grauhaarigen Mann zwischen Fünfzig und Sechzig in einem weißen baumwollenen Arbeitskittel. Er saß auf einem Küchenstuhl am Rande einer Weide, in einer mir vertrauten Landschaft bei Hugelshofen im Kanton Thurgau, neben einer weißen Badewanne, die als Kuhtränke diente. Sein rechter Arm lag auf der gerundeten Kante, die Hand hing lose über dem Wasserspiegel oder war, wenn das Wasser hoch stand, darin eingetaucht. Regen und Sonne, Durst und Bedürfnislosigkeit der Tiere hatten an dieser Stelle ihren spürbaren Einfluß. Es gab Tage, an denen der Chinese über die Gründe und die Verflechtung der Gründe nachdachte, die zur Hebung oder Senkung des Wasserspiegels führten. Meistens aber war er damit beschäftigt, den Austausch zwischen dem Wasser und der Hand und dem Himmel über der Hand, die veränderlichen Spannungen und Spiegelungen, wahrzunehmen.

J. Sch.

Ein Familienvater stand an einem Skilift und
hatte zwei Billette gelöst, eines für sich und
eines für seinen Sohn. Erst knapp vor dem
Anbügeln merkte er, daß er zwei ganze Fahrten
gelöst hatte, dabei war sein Sohn erst 8jährig.
Gerne wäre er noch einmal zurück zur Kasse,
aber hinter ihm standen die Wartenden so
dicht, daß kaum daran zu denken war. Er fragte
den Skiliftwärter, der den Leuten die Bügel
unters Gesäß klemmte, was er tun könne, und
der sagte, wenn er ihm 70 Rappen in die Hand
gebe, sei es auch in Ordnung. Der Vater holte
nun sein Portemonnaie aus der Hosentasche,
nicht ganz ohne Umstände, weil es einen Reißverschluß aufzukriegen galt und er sich zuvor
die Handschuhe abstreifen und unter die Ach-
seln klemmen mußte, aber schließlich bekam er
es in die Hand und öffnete es. Zum Glück
enthielt es ziemlich viel Kleingeld, wie er auf
den ersten Blick sah, er sonderte zuerst ein 50-
Rappen-Stück aus, dann fand er zu seiner Überraschung eine D-Mark und ein altes französi-
sches 5-Franc-Stück. Endlich hatte er wieder
einen 10-Räppler, dann kam ihm aber eine kup-
ferfarbene englische Münze mit dem Bild der
Königin in die Finger. Während die Reihe hinter ihm drängte und murrte, weil ein Bügel nach
dem andern leer in die Höhe fuhr, suchte er

nach weiteren Münzen, es fehlten ihm ja bloß noch 10 Rappen, ein kleines 5-Rappen-Stück schimmerte golden hervor, jetzt konnte es sich nur noch um Sekunden handeln, ein einziger Fünfer mußte noch gefunden werden, und unter einem zweiten 5-Franc-Stück – wann, dachte der Vater, war ich eigentlich zum letztenmal in Frankreich? –, unter diesem 5-Franc-Stück, das zweifellos noch vor der Währungsreform kursiert hatte – das muß ja in meiner Jugend gewesen sein, schoß es ihm durch den Kopf –, unter diesem 5-Franc-Stück also lag ein ganzes Nest von Fünfern, erleichtert nahm er einen heraus, aber als er ihn umdrehte, sah er, daß der Fünfer auf der Rückseite eine arabische Inschrift trug, ebenso alle andern Fünfrappenstücke, die sich noch in seinem Geldbeutel befanden. Schweiß trat auf seine Stirne, unbegreiflicherweise ließ der Skilifthelfer die Wartenden hinter ihm in der Zwischenzeit nicht passieren, wodurch sich ihr Unmut steigerte. «Kann mir jemand», fragte der Vater mit lauter Stimme und überlegte sich zugleich, ob er überhaupt jemals in einem arabischen Land gewesen war, «kann mir jemand fünf Rappen schenken?» Lauter stumme Gesichter, der Vater wiederholte die Frage und fügte erklärend und beschwörend zugleich hinzu: «Ich werde sie *nicht* zurückgeben!» Keine Antwort, nur von weit hinten in der Reihe hörte man ein Hohngelächter, und nun blieb der Vater etwas abseits mit seinem Sohn stehen und schaute zu, wie sich die andern Wintersportler hastig auf die Bügel setzten und paarweise davongezogen wurden, über eine kleine Erhöhung, hinter der es gleich leicht bergab ging, und fragte sich, was wohl mit seinem Geldbeutel geschehen sein konnte und warum er es fast nicht übers Herz brachte, seinen Sohn für einmal einfach zum vollen Tarif fahren zu lassen.

F. H.

Eine der eigentümlichsten Sagengestalten der Zentralschweiz ist die unter dem Namen Stine Lawine bekannte Jungfer Christine Indergand aus Erstfeld. Mit ihrem schallenden Lachen hatte sie Lawinen ausgelöst, und Geröllhalden kamen ins Rutschen, wenn sie jodelte. Die Geschichte des Knechtes Ambros, der für eine Nacht ihr Buhle gewesen war, ist so zart und so gräßlich, daß ich mich an dieser Stelle mit einem Hinweis begnüge.

J. Sch.

Ich mache jedes Jahr einmal eine Wanderung in
den Bergen, auf die ich nur Rucksack und
Schlafsack mitnehme. Mehrere Tage lang gehe
ich dann dort durch, wo es mir gerade gefällt,
und übernachte in Heustadeln oder Schafstäl-
len, bei Sennen oder in Alpenclubhütten,
manchmal auch im Touristenlager eines Berg-
gasthofs. Auf einer solchen Wanderung kam ich
einmal, als ich gegen Abend den langgezogenen
Grat eines Berges hinunterschritt, zur Bergstation eines Skilifts. Es war einer jener Skilifte, die
weit über die Waldgrenze hinaus führen, zu
einer im Sommer völlig verlassenen Krete, über
die winters sicher ein eisiger Wind pfeift, der
einen sofort talwärts treibt. Als ich eine kleine
Rast machte und um die Bergstation herum-
ging, bemerkte ich, daß ein kleiner Schuppen
offenstand, in welchem ein Rettungsschlitten
mit einigen Wolldecken lag. Da es mir auf diesem Grat gefiel, beschloß ich, hier zu bleiben
und mich für die Nacht auf dem Rettungsschlitten einzurichten. Ich kochte mir auf meiner
Biwakflasche eine Beutelsuppe, schaute dem
Sonnenuntergang zu und verkroch mich dann
beim Eindunkeln in den Schuppen.
Als ich erwachte, begann schon der Morgen zu
dämmern. Es war aber nicht das Licht, das
mich weckte, sondern das Geräusch des Skilifts,

der in Betrieb war. Ich konnte das fast nicht glauben, aber dennoch hörte ich deutlich, wie ein Bügel nach dem andern klappernd um das grosse Rad fuhr. Einer schlug mehrmals an die Wand, als habe ihn soeben jemand losgelassen. Ich wickelte mich aus den Wolldecken, zog den Reißverschluß meines Schlafsacks auf, erhob mich von meinem Rettungsschlitten und trat aus dem Schuppen. Da sah ich, wie vor der Bergstation ein Mann mit raschen Griffen zwei Felle an seinen Skiern befestigte, die Skier an seine Füße schnallte und dann auf der Grasnarbe in die Höhe zu steigen begann. «Hallo!» rief ich ihm zu, fand aber keine weiteren Worte. Der Mann drehte sich flüchtig nach mir um. «Keine Angst», rief er zurück, «dies ist eine Ausnahme!» Dann stieg er, während der Skilift ächzend zum Stillstand kam, den Grat hoch, den ich gestern heruntergekommen war, und ich schaute ihm nach, bis er verschwunden war.

Kurz nach Sonnenaufgang ging ich noch einmal diesen Grat hinauf bis zum Gipfel, das Gelände war völlig schneefrei, und auf dem ganzen Berg fand ich keine Spur dieses Mannes; auch ein Paar, das von der andern Seite heraufgekommen war und vor mir oben war, hatte niemanden gesehen, schaute mich im übrigen auf meine Frage hin recht zweifelnd an, und ich muß sagen, soviel ich in der Zwischenzeit über den Vorfall nachgedacht habe, so wenig vermochte mich die Erklärung zu befriedigen, daß es sich hier um eine Ausnahme handle.

F. H.

Das Gras ist heute ausnahmsweise grün. Ausnahmsweise bewegt ein Wind die strohigen vorjährigen Blüten der Hortensien. Der Amselgesang weckt ausnahmsweise Erinnerungen. Fallschirmjäger stürzen wie immer schräg in den Garten hinein.

J. Sch.

Ich saß an meinem Schreibtisch und war in eine
Arbeit vertieft, als mich das Geräusch eines
brechenden Astes vor dem Fenster erschreckte.
Als ich aufschaute, sah ich, wie sich dicke
Schnüre in den Birkenzweigen verhedderten,
ein großes, gewölbtes Tuch senkte sich rasch
über die Krone des Baumes und kam dann, von
einigen Ästen durchbohrt, federnd und straff
zur Ruhe. Ich rannte sofort aus dem dritten
Stock nach unten und trat in den Garten. Es
war, wie ich vermutet hatte. Ein Fallschirmspringer war in meinen Garten gestürzt. Er
baumelte am untersten großen Ast, recht hoch
über dem Boden, und konnte sich offenbar nicht
aus seinen Gurten befreien. «Hallo», rief ich,
«sind Sie verletzt?» Der Fallschirmspringer sagte nichts und schaute mich nur mißtrauisch an.
Es war ein junger Bursche mit dunklen Augen
und einem kleinen Schnäuzchen, sein Gesicht
war zerkratzt, und erst jetzt sah ich, daß es
nicht einfach ein Sportspringer war, sondern
daß er eine Kampfpackung und ein Gewehr auf
dem Rücken trug. So oder so, man konnte ihn
nicht einfach hier hängen lassen, vielleicht hatte
er sich etwas gebrochen. Ich ging also ins Haus
und holte meine große Leiter, die man auch als
Bockleiter aufstellen kann. Zugleich nahm ich
ein Päckchen Zigaretten mit heraus, da ich

mich aus Kriegsfilmen erinnerte, daß Soldaten
gerne rauchen. Als ich wieder zur Birke kam,
standen schon viele Leute in meinem Garten
und diskutierten. «Er spricht keine europäische
Sprache!» rief mir ein Nachbar zu, der Dolmet-
scher ist, «ich habe alles probiert.» Ich stellte
die Bockleiter so auf, daß der Fallschirmjäger
darauf Fuß fassen konnte, aber sogleich rückten
sie einige Nachbarn wieder weg. «Was machen
Sie da?» fragte mich ein Gastwirt. «Man muß
ihn doch herunterholen», sagte ich und stellte
die Bockleiter wieder zum Fallschirmjäger, der
auch schon mit den Beinen danach ausholte.
Der Gastwirt und ein paar starke Männer, welche ich nicht kannte, packten die Leiter und
stellten sie etwas weiter weg. «Der bleibt hängen», sagten sie, «bis die Polizei kommt.» «Wir
haben schon telefoniert!» rief eine Frau, die im
zweiten Stock eines Nachbarhauses aus dem
Fenster schaute und die ich auch noch nie gesehen hatte. «Ich finde das unerhört», sagte ich,
aber als die Männer daraufhin etwas näher zu
mir traten, verstummte ich und stieg die Leiter
hoch, bis ich neben dem Fallschirmjäger stand.
«Wollen Sie eine Zigarette?» fragte ich und hielt
ihm mein angebrochenes Päckchen hin. Ich bin
Nichtraucher, und die einzigen Zigaretten, die
ich im Hause habe, sind solche, die ich als

Andenken von Reisen mit nach Hause bringe. Diese Packung stammte aus China, und außer chinesischen Schriftzeichen war darauf auch die Chinesische Mauer abgebildet. Ich sah noch, wie der junge Mann erbleichte, dann zogen die Nachbarn die Leiter unter mir weg, und ich verlor im Sturz die Besinnung.

F. H.

«Wir haben schon telefoniert!» rief die Frau, die im zweiten Stock des Nachbarhauses aus dem Fenster schaute. «Wir», das waren sie und ihr dicker, unzufriedener Sohn. Sie wandte sich, Zustimmung suchend, nach ihm um. Er lag, beide Beine im Gips, auf einem Sofa und hatte den Telefonhörer, obwohl er mit den Händen nicht anderweitig beschäftigt war, zwischen Schulter und Ohr eingeklemmt. «Sie kommen», stellte er fest und ließ den Hörer, indem er den Arm über die Sofalehne zum Telefontischchen streckte, auf die Gabel fallen.

Er hatte «Unfall gemacht», diesmal mit dem Motorrad. Das letzte Mal, vor gut einem Jahr, war es beim Skifahren gewesen. Seine Freundin hatte damals den Rettungsschlitten besorgt. Wenn er sie gefragt hatte, ob sie mit ihm schlafen wolle, hatte sie immer geantwortet: «Also.» Sie war dann beruflich nach London gegangen und dort von einem Kerl politisch und in jeder Hinsicht verdorben worden.

Er verlangte ein Bier. Da die Beine nicht zugänglich waren, kratzte er sich am Gips. Er nahm einen tiefen Zug aus dem Glas, das er jetzt vor sich hatte – mit einem Ausdruck von Verachtung, die sich nicht nur auf den Fallschirmjäger, die Frau und das Bier bezog, sondern weit darüber hinaus reichte, beinahe alles umfaßte, ausgenommen etwa die Karibik, Großbrände in Warenhäusern und die Kollegin eines Kollegen.

J. Sch.

Die Straße, an welcher mein Haus steht, ist sehr ruhig, es ist fast eine reine Wohnstraße. Trotzdem haben die Leute, die hier leben, erstaunlich viele Unfälle.

Dem Metzger mit dem Schnäuzchen zum Beispiel, im Haus schräg gegenüber, fehlt der linke Zeigfinger.

Der Frau, die auf der Post arbeitet und im Neubau vorn an der Ecke wohnt, fehlen an der rechten Hand drei Finger, ich staune jedesmal, wie schnell sie das Häufchen mit den Einzahlungsscheinen durchblättert.

Eine Lehrerin ist im Winter auf dem ungesalzenen Schulhausplatz ausgeglitten und leidet noch jetzt an ihrem gebrochenen Oberarm. Jetzt ist Sommer, und ich frage mich immer noch: Wie kann man sich bei einem Sturz den Oberarm brechen?

Ein Knabe hat sich beim Sprung von einem Mäuerchen den Unterarm gebrochen. Das begreife ich eher, denn dieser Knabe ist mein Sohn. Auf seinem Gips haben sämtliche Kollegen unterschrieben.

Dem Schreiner von nebenan fehlt eine Fingerspitze. Sein Hund hat sie ihm abgebissen.

Weiter vorn an der Straße hat sich einer die rechte Hand verbrannt, als er einen Haufen feuchter Zweige mit Benzin anzünden wollte, er hat alle Finger einzeln eingebunden. Ein junger Pfarrhelfer verbirgt unter einer Sonnenbrille ein blau angeschwollenes Auge, er hat es im Hallenbad durch einen crawlenden Schwimmer abbekommen.

Ein Gepäckbeamter hat ein Auge verloren, weil ihm beim Öffnen eines Bunds Briketts mit der Beißzange das Stahlband ins Gesicht sprang.

Ein Ingenieur wurde auf seinem Rennvelo von einem Lieferwagen angefahren und mußte sieben Monate im Spital verbringen. Jetzt geht er samstags wieder auf den Markt, aber an seinem Gang stimmt etwas nicht.

Viele gehen an einer Krücke, etliche an zweien, und manchmal, an schönen Tagen, wenn alle Leute draußen sind, habe ich das Gefühl, jeder ziehe irgendein steifes Bein nach und kaum einer könne wirklich aufrecht und unbehindert gehen, ja, eigentlich seien wir alle verletzt, so, als lebten wir mitten im Krieg.

F. H.

Ein Bekannter, ein Mann um Vierzig, der leicht
ins Schwitzen kommt, der mit einer verständi-
gen und hübschen Frau und drei Kindern in
einem Einfamilienhaus in Dübendorf bei Zürich
wohnt, sagte vor ein paar Jahren zu mir, indem
er hilflos lachte: «Das Glück hat wieder zuge-
schlagen!»
Er war, wenn ich mich recht erinnere, eben zu
einer dritten Erbschaft gelangt. Seinen alten
Traum, den er stets ängstlich vor einer Erfül-
lung bewahrt haben mochte, mußte er nun ganz
begraben: nämlich etwas selber zu erarbeiten,
einen Widerstand zu überwinden, einmal an
irgend etwas ein persönliches Verdienst nachzu-
weisen.
Dem Mann fehlt nichts. Er hat alle Hände voll
Finger, alle Füße voll Zehen, das Herz auf dem
rechten Fleck, eine gute Intelligenz und ist, ich
habe vergessen wo, Verkaufschef. Schon in der
Schule, nehme ich an, hat er keine Schwierigkei-
ten gehabt. Er schrieb Aufsätze, die angenehm
zu lesen waren, und rechnete nicht begeistert,
aber zuverlässig.
Wir haben uns aus den Augen verloren, der
Bekannte und ich. Nicht daß wir uns miteinander gelangweilt hätten, überhaupt nicht. Wir
saßen ohne Hemd am Gartentisch, tranken
Wein, lachten viel, und die sonnenwarmen Kin-

der stützten sich, nach Gebäck langend, auf unsere Arme, die auf den Korbstuhllehnen ruhten.

J. Sch.

Anders der Mann, den ich kenne. Er ist Schau-
spieler und wird anhaltend vom Pech verfolgt.
Tritt er wo auf, zum Beispiel als junger Liebha-
ber in einer Tourneetheatertruppe, dann fehlt
sein Foto im Programmheft, weil es zu spät
eingetroffen ist, der Briefträger hat es irrtümlich
bei einem Adressaten eingeworfen, der zwei
Häuser weiter vom Theaterproduzenten wohnt
und einen ähnlich klingenden Namen hat, und
zwar war gerade in dieser Woche ein Ersatz-
briefträger da, dem am ersten Tag einige Fehler
passierten, unter anderem der mit dem Foto des
Schauspielers. Wäre das Foto allerdings recht-
zeitig eingetroffen, wäre es sehr gut möglich
gewesen, daß dem Clicheur das Cliché zerbro-
chen wäre und durch einen unglücklichen Zufall ein noch warmer Teil davon auf das Foto
des Schauspielers gefallen wäre und es dadurch
unbrauchbar gemacht hätte, und da das Programmheft noch am selben Tag hätte in Druck
gehen müssen, wäre es wiederum ohne sein
Portrait erschienen. Wird dann bei einer Zei-
tungsbesprechung des Theaterstücks im Kul-
turteil ein Bild abgedruckt, dann bestimmt von
einem Auftritt, in dem er nicht auf der Bühne
ist. Als vor zwei Jahren in der bedeutendsten
Theaterzeitschrift ein Szenenfoto zu sehen war,
bei dem er links vorne mit einem Messer in der

Hand stand, lag auf dem Gesicht des Schauspielers ein unerklärlicher Lichtfleck, der ihn unkenntlich machte. Einmal, bei der Ausstrahlung eines Fernsehspiels, in dem er als verletzter Bote eine wichtige Nachricht überbringen mußte, ging ausgerechnet während der kurzen Stelle, wo er zu Pferd aus dem Kanonendonner auftauchte, eine Bildstörung über das ganze Land. Auch die Erwähnung seines Namens ist dauernd gefährdet. Oft passiert es, daß er kurzfristig einspringen muß und dann unter dem Namen dessen spielt, den er ersetzt. Besteht er darauf, daß ein Einlagezettel hergestellt wird, welcher die Besetzungsänderung anzeigt, bleiben die Zettel entweder beim Drucker liegen oder werden versehentlich den Werbeprospekten einer Billigfluggesellschaft beigelegt, und wenn sie doch ihren Weg ins Programmheft finden, flattern sie beim Entfalten sofort zu Boden, und die Theaterbesucher lesen sie nicht mehr auf. Im Nachspann von Filmen, in denen er eine Rolle bekleidet, wird sein Name stets vergessen, was zwar unwesentlich ist, es bleibt ohnehin niemand mehr sitzen, wenn einmal das Wort ENDE vorbei ist, aber was für ihn schlimmer ist als das Weglassen seines Namens, ist dessen unrichtige Wiedergabe. Er heißt Hans K. Rössler, und schon wenn sein Nachname als

Rösler erscheint, hat er das Gefühl, es spiele ein anderer, ganz zu schweigen von Entstellungen seines Vornamens, wie Hans H. oder Hannes K. oder einfach Hans Rudolf. Als er kürzlich bei den Schloßfestspielen in Jagsthausen an der Eller als Heinz Klaus Hössler im Programm stand, dachte er daran, seinen Beruf aufzugeben, und tatsächlich ist es erstaunlich, daß er ihn unter diesen Umständen noch ausübt, da doch kaum jemand sein Gesicht und seinen Namen wirklich kennt, manchmal habe ich sogar den Eindruck, ich sei nachgerade der einzige, der immer wieder auf die Kraft seiner Gebärden und die Schönheit seiner Diktion hinweise.

F. H.

Zufälle können sich seltsam gegen einen Menschen verschwören.

Hedwig Schuster lebte sehr zurückgezogen in Höngg. Seit man ihr auf offener Straße ihre Handtasche mit allen Ausweisen entrissen hatte, verließ sie die Wohnung noch seltener als zuvor. Eines Tages geschah es jedoch, wer weiß unter welchen Umständen, daß ein Mann sie zum Essen einlud. Als er ihr beim Nachtisch vorschlug, sie möge ihn einfach Max nennen, konnte sie sein Angebot nicht erwidern. Ihr Vorname war ihr entfallen, war plötzlich weg. Sie nahm an, die Erinnerungslücke sei einer vorübergehenden Müdigkeit zuzuschreiben. Nach einer Woche fühlte sie sich frischer, der Name aber hatte sich nicht wieder eingestellt. Fräulein Schuster beschloß, sich bei der Einwohnerkontrolle nach ihm zu erkundigen. Als sie in die Straße einbog, die zum Amtshaus führte, fand sie den Zugang gesperrt. Sie sah schwarze Fensterlöcher und vernahm von einem Passanten, die Archive seien in der Nacht ausgebrannt.

Was blieb ihr da anderes übrig, als zu ihren Eltern zu fahren? Sie hatte die beiden alten Menschen lange nicht mehr gesehen. Die Entfremdung hatte sich allmählich ergeben, nach Gesprächen voller kleiner Mißverständnisse, von denen sie jeweils enttäuscht zurückgekehrt war.

Fräulein Schuster hoffte, ihr Name werde schon bei der Begrüßung ganz selbstverständlich fallen, auf ihr Mißgeschick müsse sie gar nicht erst zu sprechen kommen. Der Gruß war dann aber sehr wortkarg. Auch beim Kaffee wurde ihr Name nicht genannt. Als sie beim Abschied ausdrücklich danach fragte, sagte die Mutter: «Dein Bruder Heinz kommt jeden Sonntag mit seiner Familie vorbei. Dich haben wir seit Jahren nicht mehr gesehen. Wie sollen wir deinen Namen noch wissen?»

Fräulein Schuster fuhr noch am selben Abend zu ihrem Bruder, einem erfolgreichen Ingenieur, der das meiste seinem guten Gedächtnis verdankte. Er empfing sie herzlich: «Dein Name ist mir auf den Lippen!» rief er, indem er ihre Hand mit beiden Händen drückte.

Da keine Erinnerung und kein Schriftstück ihren Namen bewahrte, war Fräulein Schuster frei, sich zu nennen, wie es ihr beliebte. Sie brauchte nicht lange in Kalendern zu suchen, ihre Wahl fiel sofort auf Hedwig. Dieser Name war ihr schon immer sympathisch gewesen. Er erinnerte sie an niemand, nur der Titel eines Mädchenromans aus der ländlichen Schulbibliothek fiel ihr dazu ein. Sie hatte das Buch nie

gelesen, weil es immer ausgeliehen war. Beim
nächsten Essen mit Max, auf das sie ungeduldig
hoffte, wollte sie ihren Namen zum erstenmal
ausprobieren.

J. Sch.

Einmal traf ich, als ich auf der Einwohnerkontrolle wegen einer Paßverlängerung anstand,
oder ansaß vielmehr, einen Mann, der seinen
Namen ändern wollte, und zwar wollte er ein d
einfügen. Er erzählte mir folgende Geschichte.
Das Dorf, in dem er aufgewachsen war, hatte
ein Kloster, und vor die Pforte dieses Klosters
wurden immer wieder Neugeborene hingelegt,
da bekannt war, daß das Kloster diese Kinder
aufzog und ihnen eine gute Erziehung zuteil
werden ließ. Diese Kinder, deren Eltern man
nicht kannte, bekamen alle den Namen Leuthart, der ein Bürgername dieses Ortes war. Die
wirklichen, ehrenwerten Bürger schrieben sich
aber mit dt am Ende, Leuthardt, und damit
man die Findlinge von ihnen unterscheiden
konnte, schrieb man diese nur mit einem t,
Leuthart. Der Mann, der neben mir saß, war
ein solcher Leuthart, er war im Kloster groß
geworden und war dann nach Amerika ausge-
wandert, von wo er im Alter zurückkehrte, als
gemachter Mann, wie sich das gehört. Wieder
zu Hause, wurmte es ihn, daß er, der es doch zu
Vermögen und Ansehen gebracht hatte, immer
noch den Armeleutenamen trug, und er stellte
nun den Antrag, seinen Namen von Leuthart in
Leuthardt umzuwandeln. Dies erwies sich jedoch als weit schwieriger, als er gedacht hatte,

indem auch seine beiden Söhne und deren Fa-
milien damit einverstanden sein mußten, ja sogar die Tochter, die ebenfalls geheiratet hatte
und nun einen andern Namen führte. Da seine
Söhne in Amerika geblieben waren, wollten sie
auf keinen Fall ein zusätzliches d in ihren ohnehin nicht sehr anglophilen Namen eingefügt
haben, und auch die Tochter, welche jetzt Rabi-
novitch hieß, konnte sich nicht für diesen Kon-
sonanten erwärmen, ihre Ehe stand nicht zum
besten, und was sollte sie nach einer eventuellen
Scheidung in Seattle mit einem d in ihrem
Namen? Für solche Fälle mußte dann um eine
Ausnahmebewilligung nachgesucht werden,
welche die Namensänderung nur auf die einzelne Person beschränkte. Dafür waren nun die
Bestimmungen strenger, so mußte beispielswei-
se auch der Milchbruder des Mannes gesucht
und um sein Einverständnis angegangen werden, zudem mußten die verschiedensten notari-
ell abgesegneten Bestätigungen über den At-
lantik hin- und hergereicht werden, daß der
jetzige Leuthardt mit d derselbe sei wie der
frühere Leuthart ohne d, und daß er tatsächlich
der Vater seiner drei d-losen Kinder sei, damit
diese später nicht um ihr Erbe geprellt würden,
bloß weil sich ein neuer Buchstabe in die Familie eingeschlichen hatte, auch konnte aus dem

Heimatdorf gegen diese Änderung rekurriert werden, was zur Verwunderung des Mannes wirklich geschah, es gab da einen alteingesessenen Leuthardt, der sich bis zum letzten gegen eine Durchsetzung seines Namens mit Findlingsblut wehrte, ein derartiger Fall konnte durch mehrere Instanzen gezogen werden, und der änderungswillige Herr Leuthart ließ denn auch schon längst einen teuren Anwalt um sein d kämpfen, und als ich ihn fragte, ob sich unter solchen Umständen eine Namensänderung überhaupt noch lohne, sagte er, er habe nun einmal diesen Weg eingeschlagen und könne nicht mehr zurück, und dieses d sei mit der Zeit so etwas wie sein Lebensinhalt geworden, er müsse mir sogar ehrlich sagen, daß er sich gar nicht mehr vorstellen könne, womit er seine Zeit zubringen werde, wenn er einmal am Ziel sei und nicht mehr Leuthart heiße, sondern Leuthardt. ˙

F. H.

Ein Mann, der bei seiner Wohnungsnachbarin
mehrmals angefragt hatte, ob er sie zum Nachtessen einladen dürfe, und der jedesmal abgewie-
sen worden war – sie hatte entweder keinen
Hunger oder schon eine Theaterkarte –, ent-
schloß sich, den Rat eines erfolgreichen Bekannten in die Tat umzusetzen und seine Erscheinung von Grund auf zu verändern. Brustum-
fang, Bundweite, Schrittweite, Schuhnummer
und Kragengröße, alles sollte neu sein. Er bestellte ein teures, aber vielseitiges, an jeder
Steckdose mühelos anschließbares Heimgerät.
Schon drei Wochen später konnte er seine ganze
Garderobe einem schmächtigen Arbeitskollegen
überlassen. Nach drei Monaten erkannte man
ihn kaum wieder. Man hielt ihn zuerst für einen neuen Mieter, einen neuen Mitarbeiter, ein
neues Mitglied des Feldschützenvereins Flun-
tern.
Er wurde zum Abteilungsleiter befördert, in
seinem Verein in den Vorstand gewählt, und
bedeutende Darlehen, um die er nicht gebeten
hatte, wurden ihm anvertraut. Auf diese Weise
verändert, stellte der Mann seiner Wohnungsnachbarin eines Abends wieder die alte Frage.
Als sie verlegen antwortete, ja, sie habe nichts
anderes vor, sagte er: «Aber ich!» und wandte
sich ab, ging die Treppe hinunter, mit einem

Spiel der Schulter- und Rückenmuskeln, das
sich deutlich abzeichnete unter dem neuen,
auch schon eng werdenden Hemd.

J. Sch.

Kürzlich wurde ein Denkmal für den Sportler
des Jahres eingeweiht, einen Gewichtheber, der
nicht nur unwahrscheinliche Massen in die Höhe gestemmt hatte, sondern auch durch seine
Fairneß aufgefallen war. So hatte er einmal sein
Meisterschaftstraining für eine Stunde unterbrochen, um einem Kollegen, dem ein Gewicht
auf den Fuß gefallen war, das Bein zu massie-
ren.

Gestiftet worden war das Denkmal von einem
Kleidergeschäft, das den muskulösen Athleten
mit Spezialanfertigungen von Hemden beliefer-
te, und es sollte in die Halle eines Einkaufszen-
trums zu stehen kommen, neben den Springbrunnen, der dort schon lange plätscherte.

Alle wichtigen Sportverbände waren zur Ein-
weihung geladen, die Sportjournalisten der großen Zeitungen waren da, zusammen mit den
Berichterstattern von Radio und Fernsehen sowie verschiedenen Politikern und Wirtschafts-
vertretern, die erwartungsvoll auf den Bänken
saßen, welche man für diesen Anlaß in die Halle
gestellt hatte.

Das Denkmal selbst war ganz unter einem weißen Tuch verborgen, doch der Bildhauer, ein
kleiner, graumelierter Mann in einem Manche-
steranzug, gehörte zu den gefragtesten Bronze-
plastikern, man konnte also sicher sein, daß

etwas Rechtes darunter war. Der Gewichtheber
schüttelte nun dem Künstler die Hand, und
zwar so stark, daß man um die Hand fast
fürchten mußte. Dann war es soweit.

Nachdem die Polizeimusik einen amerikanischen Marsch gespielt hatte und ein Regierungsrat einige Worte über Entbehrung und
Belohnung im sportlichen Wettstreit abgelesen
hatte, schritt der Geschäftsleiter des Einkaufs-
zentrums zur Enthüllung.

Er zog an einer Leine, worauf die Hülle sofort
zu Boden fiel und das Denkmal freigab. Es
stellte einen Gewichtheber dar, der halb kniend
ein Gewicht in die Höhe stemmte, und er war so
naturgetreu wiedergegeben, daß man auf den
ersten Blick sah, daß es sich um den Sportler
des Jahres handelte. Seltsam war bloß, daß auf
der Stange, welche die Gewichte trug, eine dün-
ne, ältere Frau saß und die Füße auf die Schultern der Statue stützte. Alle Anwesenden nahmen an, das gehöre eben zur modernen Kunst,
und applaudierten pflichtgemäß, nur der Gewichtheber erbleichte, denn er erkannte in der
Frau seine Mutter, und er blickte verlegen zu
Boden, als sie jetzt ihre Stimme erhob und den
Versammelten zurief, das sei alles Unsinn.

Ihr Sohn, rief sie, ihr Sohn sei von Natur aus gar
nicht so stark, sondern man habe ihn mit Mast

und Medikamenten, jawohl, mit Mast und Medikamenten zu dem gemacht, was er heute sei,
zu einem dumpfen Muskelprotz, und mit Sport
habe das überhaupt nichts zu tun, mit Ama-
teursport schon gar nicht, habe man ihn doch
dazu getrieben, seine Stelle als Postbeamter aufzugeben, nur damit er sich ganztägig dem Fres-
sen von Steaks und dem Stemmen von Gewich-
ten widmen könne, und was das eigentlich für
ein Lebensinhalt sei. Sie alle, nämlich sämtliche
Männer, die hier versammelt seien, vom Direktor des Kleidergeschäfts mit den Extragrößen
bis zum Präsidenten des Sportverbandes und
dem Regierungsrat mit seinem Geschwätz von
Entbehrung und Belohnung, seien nichtsnutzi-
ge Lausebengel, die besser nach Hause gehen
und darüber nachdenken sollten, was sie mit all
dem bezweckten.
Dann schwang sich die Frau vom Denkmal,
ging am Bildhauer und an ihrem Sohn vorbei,
der ihr «Aber, Mami!» nachrief, und verließ
aufrechten Ganges das Einkaufszentrum. Niemand wagte es, sich ihr in den Weg zu stellen,
obwohl ein aufgebrachtes Murmeln durch die
Bankreihen ging und verschiedene der Gäste
mit roten Köpfen zu diskutieren begannen, der
Athlet wurde von einem Schluchzen geschüttelt,
der Geschäftsleiter und der Bildhauer versuch-

ten, ihn zu beruhigen, der Regierungsrat geriet
mit dem Präsidenten des Sportverbandes in einen harten Wortwechsel, die Pressefotografen
blitzten hin und her, kurz, es war ein Zustand
allgemeinen Durcheinanders, dem schließlich
der Dirigent der Polizeimusik ein Ende machte,
indem er seinen Taktstock erhob und den Ein-
satz zum zweiten amerikanischen Marsch gab,
der alsbald mit seinen alles übertönenden Syn-
kopen die Einkaufshalle füllte, während der Gewichtheber aus Bronze unerschütterlich seine
gewaltige Last neben dem Springbrunnen in die
Höhe hob.

F. H.

Wenn ich das Wort «Enthüllung» höre, kommen mir Zwiebeln in den Sinn und Tränen, die
mit dem Unterarm weggewischt werden, da die
Hand noch das Messer hält.

Manche Wörter wollen, so scheint es, unbedingt
leibhaftig werden. «Einfluß» zum Beispiel. Es
läßt mich an einen Gewittersee denken, der
schon knietief den Keller füllt. Schwimmende
Holzabfälle zeigen die Strömung an. Es ist der
Keller eines Mietshauses an der Malzstraße in
der Nähe der Brauerei «Haldengut» in Winterthur. Die Holzabfälle stammten aus der Schrei-
nerwerkstatt, die dem Sohn der alten Hausbe-
sitzerin gehörte. Dieser Sohn hat sich später,
zusammen mit seiner Geliebten, in einer geschlossenen Garage mit Autoabgasen vergiftet.
Meine Mutter erzählte, sie habe die Alte noch
wochenlang den Namen ihres Sohnes rufen hören. Ich selber erinnere mich nur an schwarz
bemalte und lackierte Holzschwalben, die im
Wohnzimmer der Frau in den Winkeln der
Zimmerdecke angebracht waren.

Beim Wort «Maßnahme» fällt mir eine Schneiderin ein, eine kränkliche katholische Jungfer.
Sie zertrennte die alten Anzüge meines Vaters
und nähte aus den guten Stücken Hosen und
Kittel für mich. Man betrat ihr Haus von der
feuchten Nordseite her über eine geschlossene

Holztreppe, auf der es immer nach Kohl roch.
Meist war es die Mutter der Schneiderin, die
oben die Wohnungstür öffnete. Sie ging voraus
in eine überheizte Stube, und nach einer peinli-
chen Weile kam, mit einer Entschuldigung, die
Tochter aus dem Nebenzimmer. Sie habe sich
für einen Augenblick hinlegen müssen. Die rosi-
gen Wangen im bleichen Gesicht sahen unge-
sund aus. Ich fürchtete im voraus die zurück-
haltenden Berührungen, mit denen sie an mir
die Maße nahm und die Nähte absteckte.
Wörter wie «Überschwang» oder «Meerrettich»
würden mich weiter wegführen, als ich jetzt
gehen will.

J. Sch.

Sie kennen diese kleinen Anlässe, wo eine Familie die andere zu sich in den Garten einlädt, auf den Abend, um ein paar Jägerschnitzel zu grillieren, oder Schweinsbrustspitzen, oder Kaninchenkeulen, und dazu trinkt man einen nicht zu teuren Rotwein, der aber doch nach etwas aussieht, Médoc vielleicht oder Fleurie, appellation contrôlée, keine Schloßabfüllung, man trinkt schon, bevor das Fleisch gar ist, denn meistens macht es etwas Mühe, die richtige Hitze hinzukriegen mit den Holzkohlen, der Hausherr kniet mit rot angelaufenem Gesicht neben dem einbetonierten Grillpfeiler und bläst, die Lippen wie zum Kuß gespitzt, in die Glut, ab und zu dreht er den Rost heraus und spritzt etwas Spiritus auf die Kohlen, eine Stichflamme schießt auf, die sogleich in weißen Rauch übergeht, und dann zischen wieder Fetttropfen vom Fleisch in die Glut und erwecken kleine Flämmchen, und am Tischchen daneben trinkt man weiter vom günstigen Bordeaux, greift immer wieder in die Salznüßchen und Käsecrackers, knirschend und knackend bändigt man seinen Hunger, pickt sich auch schon scherzend ein Salatblatt aus der Schüssel, die zweite Flasche wird geöffnet, die dritte auch, und wenn sich der Hausherr endlich ächzend und triumphierend zugleich erhebt und schweißnaß mit den bedenklich geschwärz-

ten Fleischstücken zum Gartentisch wankt, hat
die Stimmung schon eine Ausgelassenheit er-
reicht, die es ohne weiteres möglich macht, daß
ein Gast, und das passierte Herrn Sch. aus Z.
tatsächlich, daß Herr Sch., als ihm die Gastge-
berin die Meerrettichsauce reichte, rief: «Meerrettich? Igittigitt!» und das Gläschen mit der
Sauce im Überschwang über die Schulter nach
hinten warf. Vor der Hecke des Gartens führte
aber die Quartierstraße durch, und dort standen gerade zwei Buben mit ihren Fahrrädern;
der erste der beiden wurde von der Meerrettichsauce so überraschend am Hinterkopf getroffen,
daß er das Gleichgewicht einbüßte und auf den
zweiten Buben fiel, der nun mit dem ersten
zusammen auf die Straße stürzte. Im selben
Augenblick wollte sich ein Motorradfahrer, der
am Ende der Straße wohnte, auf seine Sonntag-
abendausfahrt begeben, er fuhr die Straße her-
unter und versuchte, den fallenden Buben aus-
zuweichen, verlor dadurch die Herrschaft über
sein Fahrzeug, durchbrach einen leichten Holz-
zaun und schlitterte, immer noch aufrecht,
durch ein steiles Rosenbeet auf eine Rasenfläche
hinab, wo eine andere Familie eine Grillparty
abhielt.
Das Durcheinander war grauenhaft. Das Motorrad fegte das Anrichtetischchen voll Veltli-

nerflaschen, Kartoffelsalat und Erdbeertörtchen weg, dem Fahrer schlug es die Beine in die Glut, heiße Koteletts und glühende Kohlen flogen durch die Luft und trafen die Gäste im Gesicht oder auf den Kleidern, eine Spitze des Faltgrills bohrte sich der Hausfrau in den Unterarm, die Spiritusflasche explodierte wie ein Molotowcocktail am Geräteschuppen, der sofort in Flammen stand, der Motorradfahrer schleppte sich zur Seite und riß sich seine schmorenden Lederhosen ab, bevor er in Ohnmacht sank — ich weiß nicht genau, was noch alles geschah und wie stark das Feuer schon vom Geräteschuppen aufs Haus übergegriffen hatte, als der Pikettwagen eintraf, ich weiß nur, daß Herr Sch. sich wünschte, er wäre nicht in Z., sondern in K. oder M. oder noch weiter entf., in W.a.A. oder C.s.S., aber was half's ihm, er war da, und er war schuld, und es wundert wohl weder Sie noch mich, daß er seither immer ein bißchen zusammenzuckt, wenn er das Wort «Meerrettich» hört.

F.H.

Ein Mann, Fernsehmonteur, verheiratet, Vater eines achtjährigen Mädchens, ist dafür bekannt, daß er mit der linken Hand auf heiße Grillroste oder in glühende Holzkohlen greifen kann, ohne sich zu verbrennen. Im Sommer zeigt er sein Kunststück ein- oder zweimal pro Wochenende, in den Ferien, auf dem Zeltplatz, jeden Abend. Meist fängt er damit an, daß er, die Grillzange in der rechten Hand, Lammkoteletts und Würste verteilt, während er sich mit der linken wie absichtslos auf den Rost stützt, und er hört in der Regel damit auf, daß er mit Kohlen, die er zwischen den bloßen Fingern hält, spaßhaft die Damen bedroht. Das Töchterchen, das ihren Vater immer wieder nachzuahmen versucht, sitzt in diesem Moment mit aufgestützten Ellbogen, eine verbundene Hand vor dem tränennassen Gesicht, neben der schimpfenden Mutter.

Die Tochter bewundert den Vater. In der Schule erzählt sie begeistert von ihm. Wer ihr nicht glaubt, der wird gleich zur nächsten Party eingeladen.

Allmählich verändert sich der eben beschriebene Ablauf. Die Tochter gewöhnt es sich an, die Gäste flüsternd auf die Nummer des Vaters vorzubereiten. Man tuschelt und lacht, und nach der atemlosen und glühenden Schilderung des Mädchens sieht das Kunststück selber dann

einfacher aus, als es ist. Es kommt so weit, daß
sich die Gäste um die mit Feuer und Flamme
erzählende Tochter scharen, während der Vater
abseits und ungesehen seine Hand auf dem Grill
hat. Wer sich nach ihm umwendet, tut es mit
einem Blick voll Schmoren und Sengen oder
auch lachend, um ihn herbeizuwinken.

J. Sch.

Im Jenseits trafen einmal an einem der unend-
lich langen Nachmittage vier Gestalten zusammen und kamen miteinander ins Gespräch. Wie
es dort üblich ist, erzählten sie sogleich von
früher und was sie in ihrem Leben alles gemacht
hatten.

«Ich», sagte die erste Gestalt, welche ein unter-
setzter Mann mit scharfgeschnittenem Gesicht
und schwarzem Kraushaar gewesen sein mußte,
«ich habe einmal meine rechte Hand so lange
auf ein Becken voll glühender Kohlen gehalten,
bis sie völlig verbrannt war. Das beeindruckte
unsere Feinde, mit denen ich gerade verhandel-
te, derart, daß sie mit ihrem Heer wieder abzo-
gen, aus Furcht vor solcher Tapferkeit, und
Rom war gerettet. Übrigens, Scaevola ist mein
Name, Mucius Scaevola.»

«Da bin ich noch etwas weiter gegangen», sagte
die zweite Gestalt, ein muskulöser Bursche mit
einem riesigen braunen Schnauz. «Wir waren
gänzlich von den Feinden eingekreist, alles Ritter, alle mit Speeren, und da breite ich meine
Arme aus und packe so viele Speere wie ich
kann. Die stoßen zu, ich gehe zu Boden, und die
Eidgenossen wie ein Wildbach durch diese Gas-
se und schlagen die Ritter zusammen. Über
meine Leiche natürlich», sagte er mit einem
Seitenblick auf Scaevolas Armstumpf. «Ich bin

der Winkelried», fügte er abschließend hinzu.

Dieser Name sagte den andern offenbar nichts, und die dritte Gestalt, ein hochgewachsener nordischer Blondling, erhob nun seine wohltönende Stimme und sagte, zu den zwei ersten gewandt: «Eure Taten mögen vielleicht einzelne Schlachten entschieden oder abgewendet haben, aber mein Tod bewirkte das Ende eines Krieges, der dreißig Jahre dauerte. Mitten im Kampf bin ich gefallen, eine Kugel von der Seite, zwei Schwertstreiche von vorne, quer über den Oberschenkel der eine, mitten ins offene Visier der andere.» Und mit der Hand deutete er würdevoll die Stellen seiner Wunden an.

«Wie heißt Er?» fragte Winkelried.

«Ach, ich dachte, das wüßten Sie», sagte der dritte, «Gustav Adolf, König von Schweden.»

«Und Sie?» fragte Mucius Scaevola den vierten, «was haben Sie gemacht?»

«Ich habe einige Bücher geschrieben, die ziemlichen Ärger verursacht haben», sagte der, ein weißer Herr mit Vollbart und wallendem Haupthaar.

«Und wo wurden Sie verletzt?» fragte Gustav Adolf.

«Verletzt wurde ich eigentlich nie», sagte der vierte.

«Nichts Abgehauenes? Nichts Klaffendes?» fragte Scaevola.

«Nein, zum Glück nicht.»

«Und wie hat's dich erwischt?» fragte Winkelried mit blitzenden Zähnen.

«Sie meinen, woran ich gestorben bin? Ach, eine lästige Infektionskrankheit, aber wie gesagt, meine Bücher haben ordentlich Ärger gebracht.»

«So, so,» sagte Gustav Adolf, «das wird mir ein schöner Ärger gewesen sein», und drehte sich Scaevola und Winkelried wieder zu, und während sich die drei ihre Wunden und Narben zeigten, indem sie Ärmel zurückstreiften und Hemden leicht in die Höhe hoben, saß der vierte da und überlegte sich, ob er überhaupt gesagt habe, daß sein Name Karl Marx sei, und ob dies, wenn er es gesagt hätte, irgend etwas am Verlauf dieses Gesprächs geändert hätte.

F. H.

Früher stellte ich mir das Jenseits vor, wie
italienische Provinzbahnhöfe bei Nacht aussa-
hen, wenn man auf der Fahrt von Zürich nach
Rom oder Neapel aus dem dunklen Abteil
schaute. Der Zug hielt hier nur, um einem
entgegenkommenden die Schienen freizugeben.
Niemand stieg ein und niemand aus. Man blickte unter der halb geschlossenen Store hindurch
auf den leeren Perron und sah ein Schild, von
einer Neonröhre beleuchtet: Pianoro, Rioveggio
oder Fiorenzuola d'Arda. Eine Lautsprecher-
stimme rief diesen Namen mit einer nächtli-
chen, von keinem weiteren Geräusch gestörten
Klarheit.

Heute vermute ich, daß das Jenseits dem Garten vor meinem Fenster gleicht, diesen beiden
bepflanzten Parzellen auf der Nordseite des älteren Mehrfamilienhauses, in dem ich mit Pen-
sionierten, Fremdarbeitern und jungen Leuten
wohne. Der Garten grenzt oben an die lärmige
Straße, unten an den mit Moos und Kraut
überwachsenen Kiesplatz vor dem Haus mit der
grau gestrichenen Teppichstange und dem aus
Röhren geschweißten Gestell zum Ausklopfen
der Türvorleger.

Der eine Gartenteil liegt auf einer mit Bruch-
steinen gestützten kleinen Terrasse. Ein paar
Rosen blühen hier am Zaun, fünf bis sechs

Quadratmeter Wiese, der Rest ist verwildert.
Im Gestrüpp aus Brombeerranken, Winden
und verblühten Weidenröschen sind Horten-
sienzweige erkennbar. Ein brauner Schmetter-
ling wackelt über schrägliegenden Nelkenhal-
men. An der Bruchsteinmauer wächst eine Gar-
be Wildschosse aus einem alten Rosenstock.
Die sehr gepflegte zweite Parzelle ist nur teilwei-
se terrassiert. Die Bruchsteine wurden durch ein
Betonmäuerchen ersetzt. Auf dem erhöhten
Fleck stehen drei kleine Obstbäume in einem
frisch gemähten Rasen. Unten gedeihen Blumen, Gemüse, Beeren, die ersten Astern, die
ersten roten Tomaten. Gladiolen ragen wie ein-
gesteckt aus dem unkrautfreien Boden. Der win-
zige Zierahorn im Rasensockel am Rand der
Beete mag einmal ein Geschenk gewesen sein,
das man verlegen eingegraben hat. Sein rötli-
ches Laub regt sich in einem Wind von unbe-
stimmter Herkunft.

J. Sch.

Erst kürzlich habe ich gemerkt, daß ich beim
Wort «Diesseits» meistens an einen Fluß denke.
Diesseits des Flusses, das wäre dort, wo ich
stünde, in einem Dickicht von Unterholz und
Bäumen, durch welches ein Fußweg führt, dem
Fluß entlang, ab und zu öffnen sich kleine Lich-
tungen mit Feuerstellen, und Nebenpfade zwei-
gen ab ins Landesinnere, auf weite Felder mit
Dörfern in der Ferne und Schneebergen, im
Dunst hinter den Kirchtürmen. Der Fluß ist
groß und schwer, ein Rhein, ein Nil, ein Vater.
Inseln sind zu erkennen, aber die andere Seite
ist weit, ich würde nicht wagen, hinüberzu-
schwimmen, ich kenne die Strudel nicht und die
Stromschnellen, ich lasse mich nur nahe am
hiesigen Ufer ein Stück weit hinabtreiben und
steige dann wieder ans Land und geselle mich
zu den wenigen Menschen, die ich liebe, und
alle sind da, und wir haben es schön zusammen,
und manchmal gehen wir in die Dörfer und bis
auf die Berge und immer wieder zurück zum
Fluß, und das ist das Diesseits, und das ist das
Diesseits, und das ist das Diesseits.

F. H.

Ein Fuhrmann suchte Arbeit. Als er nach Wochen nichts Passendes gefunden hatte, bewarb er sich um eine Stelle als Fährmann. Er dachte, daß es sich dabei um etwas Verwandtes handeln müsse. Die Fähre wurde ihm übergeben, dann stand er allein am Fluß. Er konnte aber weder rudern noch schwimmen, und der unbestimmt wechselnde Glanz des Wassers ängstigte ihn. In seiner Not wies er den ersten Fahrgast ab; die Fähre sei defekt, sagte er.

In der folgenden Nacht schlief er schlecht, er hatte Albträume, die ihm das jenseitige Ufer und das Land in den scheußlichsten Bildern zeigten. Am Morgen verweigerte er einem wandernden Ehepaar die Überfahrt. Er könne die Verantwortung nicht übernehmen. Hastig berichtete er über den drüben herrschenden Terrorismus. Den nächsten Gästen wußte er schon Einzelheiten über Folterungen zu erzählen.

Die Kunde von der Gefährlichkeit der Menschen jenseits des Flusses verbreitete sich in wenigen Tagen. Man fing an, Schutzwälle und Mauern zu bauen, und schickte Patrouillen dem Ufer entlang. Von Stunde zu Stunde wartete man auf den Angriff. Als er ausblieb, sah man darin die hinterhältige Tücke des Feindes bestätigt. Vor allem die Stille bei Nacht war unerträglich. Sie zwang am Ende zum Angriff. Man setzte über, drang ins Land ein, mordete, brandschatzte, vergewaltigte, und der Fuhrmann, der diesseits bei seiner Fähre und auf seinem Posten geblieben war, sah den Widerschein des Feuers in den Wolken und im Fluß.

J. Sch.

Ein junger Mann mußte in den Krieg.

«Paß gut auf dich auf», sagte seine Mutter beim Abschied.

Das hatte sie ihm auch immer nachgerufen, wenn er auf eine Schulreise oder in ein Ferienlager ging und mit gepacktem Rucksack die Treppe hinuntersprang, und es erschien ihr fast unwirklich, daß er jetzt aus einem Panzer auf fremde Soldaten schießen sollte.

Schon nach wenigen Tagen erhielt sie die Nachricht, daß ihr Sohn getötet worden sei.

Das ist eigentlich alles.

F. H.

Soldaten sterben für ihr Land. Die französi-
schen Soldaten sterben für Frankreich, die deutschen für Deutschland, die spanischen für Spanien, die russischen für Rußland, die iranischen
für den Iran, die argentinischen für Argentinien, die schweizerischen für die Schweiz. Die
Franzosen sterben also nicht für Rußland, die
Spanier nicht für Argentinien, die Deutschen
nicht für den Iran und die Engländer auch
nicht, wie früher etwa die Schweizer, für Frankreich, was ja durchaus möglich wäre. Möglich
wäre außerdem, und vielleicht sogar besonders
schön und wünschenswert, daß die Bewohner
zweier Länder gegenseitig, gewissermaßen «au
pair» füreinander sterben würden, die Russen
also für die Franzosen und die Franzosen für die
Russen, die Argentinier für die Spanier und die
Spanier für die Argentinier, die Iraner für die
Deutschen und die Deutschen für die Iraner, die
Schweizer auch für irgendwen und irgendwer
für die Schweizer.
Viele weitere interessante Kombinationen des
Füreinander-Sterbens sind denkbar. So könnte
es den Bewohnern einiger Länder zum Beispiel
einfallen, gemeinsam für ein anderes, zum
Beispiel überseeisches Land, das seinerseits
vorläufig weiterleben würde, in den Tod zu
gehen.

In der Stunde meines gewaltsamen Todes
möchte ich selber das Land auswählen, für das
ich sterbe. Stürbe ich jetzt, ich täte es am ehe-
sten für Italien, den südlichen Teil davon. Die
Schweiz würde ich den Auslandschweizern
empfehlen.

J. Sch.

Meine Großmutter hat mir einmal gesagt, was
sie als junges Mädchen vom Tod Christi gehalten hat. Was ist das schon, habe sie sich gedacht, ein paar Stunden am Kreuz zu hängen –
ich muß jeden Tag in die Fabrik.

Ein Arbeitstag in der Fabrik dauerte damals,
kurz nach der Jahrhundertwende, 11 Stunden,
von 6 bis 12 am Morgen, und von 1 bis 6 am
Nachmittag. Am Samstag war eine Stunde früher Schluß, damit man sich auf den Sonntag
vorbereiten konnte. Am Sonntag mußte man in
die Kirche, um vom Tod Christi zu hören.
Meine Großmutter wohnte in Sisseln und mußte ins Nachbardorf in die Kirche, nach Eiken,
zu Fuß. Die jungen Leute, die in der Kirche
fehlten, wurden von der Kanzel verlesen. Meine
Großmutter ging fast immer hin, aber einer
ihrer Brüder ging nie, und sein Name wurde
jeden Sonntag ausgerufen. Der Vater der Großmutter, mein Urgroßvater, ging selbst nie zur
Kirche, schickte aber seine Kinder hin, wie in
die Fabrik.

Die Fabrik stand in Säckingen, auf der deutschen Seite des Rheins. Es war eine Weberei.
Wenn ein Faden riß, mußte die Maschine ange-
halten werden, damit man den Faden entweder
knüpfen und neu einfädeln oder ganz ersetzen
konnte. Die Zeit, in welcher die Maschine still-

stand, wurde einem vom Lohn abgezogen. Meine Großmutter schrieb dem Fabrikdirektor einen Brief, in dem sie sich darüber beschwerte – sie seien nicht schuld, wenn er ihnen schlechten Faden gebe, der dauernd reiße. Sie wäre wegen dieses Briefes fast aus der Fabrik geflogen, was sie insgeheim hoffte. Ihr Verhalten, sagte der Direktor, gemahne ihn an dasjenige der Jungburschen in Zürich, und wenn sie nicht eine so gute Arbeiterin wäre, würde er sie sofort vor die Tür stellen. Von da an gab es aber besseren Faden.

In der Fabrik lernte meine Großmutter auch meinen Großvater kennen. Er kam jeden Tag zu Fuß von Zuzgen, eineinhalb Stunden am Morgen, und ging am Abend wieder zurück, nochmals eineinhalb Stunden. Auf dem langen Weg, den er mit drei andern gemeinsam machte, hätten sie oft Lieder gesungen, hat mir mein Großvater erzählt.

Er und meine Großmutter haben jung geheiratet, und von ihnen stamme ich ab.

F. H.

Das erste Bild, das sich einstellt, ist die Erinnerung an ein Foto. Sie sitzt, so aufrecht, wie sie noch kann, auf einem Stuhl. Ihr Blick ist scheu und wach. Die Schultern wachsen ihr, wenn es so weitergeht, noch über den Kopf. Viel weiter geht es aber nicht, denn sie ist alt. Sie hält die Hände im Schoß, die krummen Finger einander zugewandt. So ist sie zeit ihres Lebens nur vor dem Fotografen oder in der Kirche dagesessen.

Unter meinen Papieren liegt seit mehr als einem Jahr ein weiteres Bild von ihr. Ich fand es bei meinen Eltern und nahm es mit, ich erhoffte mir unbestimmt eine Antwort auf eine Frage, die ich erst jetzt zu stellen anfange: Wir sind miteinander verwandt. Was verbindet uns? Sind es Geschichten?

Das Bild zeigt meine Großmutter als junge Frau. In einem hoch geschlossenen weißen Rock steht sie vor einer dunkeln Buche zwischen ihren dunkel gekleideten Geschwistern. Als einzige trägt sie das Haar in der Mitte gescheitelt und sehr straff nach hinten gebunden. Vor ihr sitzt, hoch aufgerichtet, meine Urgroßmutter, die damals als «Senn-Rüeggeni», die Frau des Sennen Rüegg, bekannt und gefürchtet war.

Meine Großmutter hat mit sechzehn Jahren ihren Lehrer geheiratet. Nach dem Hochzeitsfest sollen dem Paar nur noch fünfzig Rappen geblieben sein. Dieses letzte Geldstück hat mein Großvater in den Abort geworfen, «und gespült!», wie mein Vater sagt, wenn er an dieser Stelle der Familienchronik angelangt ist. Der Großvater habe, erzählt er weiter, die biblischen Geschichten und die Heiligenlegenden ganz wörtlich verstanden. Einem Bettler verschenkte er zum Beispiel seinen Werktagskittel und mußte dann im Sonntagsanzug Schule halten.

Meine Großmutter brachte vierzehn Kinder zur Welt. Als mein Vater, der Jüngste, vier Jahre alt war, starb der Großvater. Er hinterließ nicht viel mehr als seinen Sonntagsanzug. Das Erbe der Senn-Rüeggeni, dreißigtausend Franken, hatte er einem Schützling, der mit seiner Unterstützung Bankier geworden war, zur Verwaltung übergeben. Dieser Mann veruntreute die Gelder seiner Kunden und schoß sich dann in einem Hotel in Lugano eine Kugel durch den Kopf. Um ihren Unterhalt zu bestreiten, blieb der Familie nur der Ertrag eines großen Gartens, dazu kamen die mageren Einkünfte aus einer Heimarbeit: rohe Patronenhülsen mußten mit einem Gerät so beschnitten werden, daß oben, an der Einsatzstelle des Geschosses, eine saubere Kante entstand.

Meine Großmutter war sehr fromm. Von ihren Söhnen und Töchtern wurde sie fast wie eine Heilige verehrt. Ich erinnere mich an ihre schöne, stille Leiche. Sie war der erste tote Mensch, dem ich als Kind begegnete.

J. Sch.

Beim Wegräumen alter Zeitungen bin ich gestern an einem Bild aus einer Bündner Lokalzeitung hängengeblieben.

Es zeigt zwei Serviertöchter, die einen Wettbewerb gewonnen haben. In einer getäferten Ecke, die offensichtlich zu einem Arvenstübli gehört, steht der Vertreter der Calanda-Brauerei und zeigt dem Fotografen mit spitzen Fingern und geübtem Lächeln ein Schächtelchen, in welchem man den Hauptpreis, einen Goldbarren im Wert von über 3000 Franken, mehr vermutet als sieht.

Links und rechts von ihm stehen die Serviertöchter, beide mit einem Blumenstrauß in der Hand, und blicken auch in die Richtung des Fotografen, allerdings etwas gehemmter als der Mitarbeiter der Verkaufsleitung. Die Serviertochter links vom Verkaufsleiter hält den Blumenstrauß von uns aus gesehen nach links, die Serviertochter rechts vom Verkaufsleiter hält ihn von uns aus gesehen nach rechts, damit sie den Hauptpreis in den spitzen Fingern des Verkaufsleiters nicht verdecken.

Welche der zwei Serviertöchter diesen Preis gewonnen hat, steht nicht im Kommentar, es heißt nur: «Kürzlich wurden nun im Hotel ‹Cresta Kulm› in Celerina zwei Mitarbeiterinnen verwöhnt und geehrt.» Persönlich tippe ich

auf die rechts vom Verkaufsleiter. Daß die Ge-
winnerinnen beide Serviertöchter sind, ist kein
Zufall, denn der Wettbewerb richtete sich, wie
der Text unter dem Bild gleich zu Beginn mit-
teilt, für einmal ausschließlich an das Servier-
personal. Dieses wurde, so fährt der Text fort,
aufgefordert, so viele «Meisterbräu-Deckeli»
wie möglich zu sammeln und einzuschicken.
Pro 200 Deckeli wurden die Teilnehmer mit
einem neuen 10er-Nötli belohnt und nahmen an
der Verlosung von eben diesem Goldbarren im
Wert von über 3000 Franken teil.
Mit «Deckeli» sind wohl die Verschlüsse gemeint. Man muß sich also vorstellen, daß die
Serviertöchter, wenn sie die Bierflaschen in den
Kronenverschlußöffner hielten, um durch ein
leichtes Abkippen der Flaschen die Deckeli zum
Abspringen zu bringen, diese Deckeli nicht einfach in den darunterliegenden Behälter fallen
ließen, sondern mit einer geschickten Handbe-
wegung sogleich auffingen, falls es sich um Meisterbräu-Deckeli handelte. Oder wenn sie die
Flaschen nicht selbst öffneten, mußten sie sich
mit dem Mann am Office gut stellen, der dies
tat. Wenn er dies tat, warum sammelte er dann
aber die Deckeli nicht selbst? Das hängt vielleicht wieder mit den Serviertöchtern zusammen. Der Serviertochter rechts vom Verkaufs-

leiter wurden wahrscheinlich ihrer schönen langen Haare wegen öfters solche Bierdeckeli zugeschoben. Vielleicht hat sie allgemein etwas mehr Glück als die Serviertochter links vom Verkaufsleiter. Ich könnte mir aber auch vorstellen, daß sie, wenn tatsächlich sie den Goldbarren gewonnen hat, zur andern Serviertochter links vom Verkaufsleiter gesagt hat, gleich nach der Feier im Arvenstübli des Hotels ‹Cresta Kulm›, komm, wir teilen doch das Geld.

Oh, wie mich diese Geste freuen würde, für beide würde sie mich freuen, und beim Gedanken daran spüre ich schon ein andächtiges Würgen im Hals, Tränen fast, während bei der Vorstellung, sie könnte es nicht getan haben, die rechts, sondern den ganzen Barren einfach für sich behalten und der munteren, bauerntöchterlichen Kollegin links nichts gegeben haben, nichts – wissen Sie, was ich bei dieser Vorstellung in mir aufsteigen fühle? Verachtung, jawohl, schwarze Schwaden von Verachtung.

F. H.

Die beiden Serviertöchter, die langhaarige
rechts und die bodenständige links im Bild,
haben den Preis aus dem Brauereiwettbewerb
miteinander geteilt. Ende Oktober, nach Sai-
sonschluß im Engadin, sind sie mit dem Geld
gemeinsam nach Süditalien gereist, in ein Städtchen an der Absatzinnenseite des Stiefels. Ein
Küchengehilfe des Hotels «Cresta Kulm» hat
ihnen die Adresse einer kleinen Pension gegeben, die eine seiner Schwestern und ein Schwager betreiben.
Der Bus eines italienischen Transportunterneh-
mens verbindet St. Moritz direkt mit Mailand.
Die jungen Frauen waren bis Chiavenna die
einzigen Passagiere. Sie hatten vor sich nur den
kleinen Chauffeur, der den riesigen Kasten
durch enge Kurven und Gassen lenkte. Aus-
blicke auf Wälder, Schluchten, Dörfer wechselten unvermutet mit Spiegelungen im Fenster-
glas.
Die Zugfahrt war lang. Die Strecke schien sich
unterwegs zu dehnen wie Teig unter einem
Wallholz. Nur sehr allmählich sah der Süden
ein wenig südlicher aus.
Das Haus am Ende der dritten Querstraße
meerwärts war ihnen so genau und so oft beschrieben worden, daß sie es im Dunkeln hätten
finden können. Ein kühler Wind stieß sie vor-

wärts über den weißen Platz vor der Station und
blies ihnen, als sie die Richtung wechselten,
Staub ins Gesicht.

In der Pension empfing man sie herzlich, als
stimme ihre Erscheinung überraschend mit einem schönen Bild überein, das man sich ausge-
malt hatte.

Die kleinen Geschenke der fernen Landsleute
wurden laut und bewegt entgegengenommen.
Die jungen Frauen bekamen das schönste Zimmer, einen großen hellgrünen Raum mit rotem
Steinboden, zwei Betten, an deren Kopf- und
Fußende holzimitierend bemalte Bleche aufrag-
ten und die von neueren Wandlämpchen mit
roten Schirmen und dunkel gebeizten Holzträ-
gern flankiert waren. Waschen konnten sie sich
an einem Lavabo mit kaltem und warmem
Wasser. Wenn sie in den Toilettenspiegel
schauten, sahen sie hinter sich die Balkontür und weiter hinten einen kleinen, flüchtig
asphaltierten Platz und Äste eines Feigenbau-
mes.

Die Tage waren windig und klar, eine Zeit zum
Lesen, Stricken, Essen und Schlafen, für kurze
Spaziergänge und lange Gespräche. Die Wirtin
kochte gut und erwartete von den Gästen, den
beiden jungen Frauen wie den Vertretern und
reisenden Beamten, die hier abstiegen, daß sie

kräftig zupackten. Sie schützte die *signorine* auch vor männlichen Zudringlichkeiten; darin war sie viel konsequenter, als es die neugierigen und ahnungslosen Schweizerinnen hätten sein können.

Es blieb ihnen nichts anderes übrig, als sich gegenseitig kennenzulernen.

Am ersten Abend hatte die eine, die Bodenständige, sich sofort anerboten, im Bett in der Ecke zu schlafen, während ihre Kollegin bereit gewesen war, das Nachbarbett in Türnähe zu übernehmen. Nach drei Tagen merkten sie, daß jede lieber im Bett der andern geschlafen hätte und daß sie nur zu tauschen brauchten, um sich wohl zu fühlen.

Unten auf dem kleinen Platz wölbte sich ein Zeitungsblatt. Langgezogene Schreie und Huptöne klangen wie vom Wind heran- und weggetragen. Bei stärkeren Luftstößen klapperte die Balkontür.

Die beiden Frauen zogen zweimal täglich die Windjacken an, die sie für den Notfall eingepackt hatten. Draußen redeten sie wenig. Sie winkten, wenn ihnen jemand aus einem Garten zurief, und schauten mit hochgezogenen Schultern über das Meer, aus dem der Wind dunkle Wellen mit sehr weißem Schaum ausgrub. Die zuckenden Blätterschatten und die flimmernden

Reflexe machten das Sehen mühsam. Geblendet und leicht schwindlig schlossen die Frauen ihre Augen von Zeit zu Zeit.

J. Sch.

Die Wirtin unterhielt sich gern mit den beiden
Mädchen über die Schweiz. Ein schönes Land,
sagte sie oft, ein schönes Land, die Schweiz, ein
reiches Land, und so sauber, das hätte sie gesehen, als sie ihre Schwester und ihren Schwager
besucht habe, in Sofinga, so heiße der Ort,
Sofinga, nach Lucerna, und die zwei würden
auch saubermachen, putzen, beide putzen, zusammen, istituto di pulizia, sie verdienen viel
Geld damit, und wenn sie zurückkommen, von
Svizzera, dann vergrößern sie ihre Pension und
führen sie gemeinsam weiter, ein richtiges Hotel
gibt es daraus, mit einer Terrasse am Meer und
einem eigenen Strand dazu, die Pläne sind
schon fertig, vielleicht noch zwei, drei Jahre,
und dann ist genug Geld da, und der figlio, der
kleinere der beiden, der gehe jetzt hier zur
Schule, in ein Institut, 8 Jahre alt sei er, der
müsse dann einmal das Ganze übernehmen,
deshalb sei es besser, er gehe hier zur Schule,
der ältere gehe noch in der Schweiz zur Schule
und mache jetzt dann eine Lehre, Automecha-
niker, aber der jüngere müsse eine richtige Bildung haben, eine richtige Bildung, ihre Schwester sei nur drei Jahre zur Schule gegangen und
sage sich, eine richtige Bildung sei das wichtig-
ste, ihre Söhne sollen es besser haben als sie,
damit sie nicht ins Ausland gehen müssen, zum

Putzen, und drum sei der Kleine jetzt im Institut, obwohl sein Vater dagegen gewesen sei,
und am Sonntag komme er immer zu ihnen zum
Essen, der figlio, il piccolo Raffaele, und um vier
Uhr telefonieren sie ihm von Sofinga.

Und am Sonntag kam er, Raffaele, klein und
dünn, und er aß nur die Hälfte der Spaghetti auf
seinem Teller und dafür das ganze Schnitzel
und keinen Salat, und er ging nicht an den
Strand und nicht auf den Platz, sondern saß die
ganze Zeit da und schaute zur Uhr über dem
Buffet, und er lächelte, als ihn die Mädchen auf
schweizerdeutsch fragten, wo er denn zur Schule gehe und antwortete ihnen auch auf schweizerdeutsch, und dann schaute er wieder zur
Uhr, und endlich war es vier, und punkt vier
läutete das Telefon, und man gab Raffaele den
Hörer, und er sprach wenig und leise und hörte
zu und nickte von Zeit zu Zeit, und als er zuletzt
«Ciao mamma» und «Ciao papa» sagte und
dabei zu Boden schaute, hatten die beiden
Mädchen plötzlich das Gefühl, sie hielten es
keinen Moment länger hier aus.

F. H.

Vor dem Krieg, das heißt zur Zeit der Kriege in
Spanien und Äthiopien, hatten meine Eltern
einen Judenbuben aufgenommen. Er hieß David. 1935 und 1936 verbrachte er die Sommer-
monate bei uns in Zürich. Ich sage «bei uns»,
weil ich während seines zweiten Aufenthaltes
eben meiner Geburt entgegenwuchs. Wenn David verängstigt auf den Knien meiner Mutter
saß, trennte uns nur ihre Bauchwand. Er schlief
unruhig, warf im Traum den Kopf hin und her,
redete laut und rief oft um Hilfe. Das Wort
«Schmutzmann», «Schußmann» oder «Schutz-
mann» soll dabei immer wieder vorgekommen
sein. Einmal, als mein Vater hinter David die
Treppe emporstieg, bemerkte er einen Spul-
wurm, der dem Jungen aus der kurzen Hose
baumelte. Wenn er uns später von David erzählte, ließ er diese Szene nie aus. Sie wurde für
uns, obwohl wir zuweilen auch Würmer hatten,
zu einem Bild der Not jenseits der Landesgren-
zen.

Davids Eltern trugen den denunzierenden Namen Pomeranz. Sie waren zuerst in die Schweiz
und dann nach Paris geflüchtet. Vater Pomeranz war Kürschner. Er hinterließ bei uns einen
Pelz «für alle Fälle», einen braunen, struppigen
Persianer. Bis 1940 trafen immer wieder Briefe
in Zürich ein, in denen die Pomeranz mehr ihre

Dankbarkeit als ihre Ängste beschrieben. Nach dem Einmarsch der Deutschen in Paris blieb plötzlich jedes Lebenszeichen aus.

Als der Krieg längst zuende war und wir die traurige Gewißheit hatten, daß niemand den Pelz mehr beanspruchen würde, ließ sich meine Mutter einen Mantel daraus nähen.

Mich packte die Geschichte erst Jahrzehnte später. Ich erinnere mich nicht einmal an einen äußeren Anlaß. Eines Tages hatte ich das deutliche und schmerzhafte Gefühl, soeben einen Menschen verloren zu haben, diesen David, meinen kleinen, hellgesichtigen älteren Bruder.

J. Sch.

Goliath ist gar nicht so groß, wie er immer dargestellt wird, und auch sein Äußeres zeigt keine Zeichen von Schrecklichkeit. Er ist weder schwergewichtig, noch ist er besonders athletisch gebaut, er trägt einen Anzug und eine Krawatte und blickt zwar entschlußkräftig, aber nicht unfreundlich drein. Er ist mit einem Aktenköfferchen unterwegs, fährt 1. Klasse und bereitet im Zug die Unterlagen für die nächste Sitzung vor, er studiert Statistiken, Diagramme, Zusammenfassungen und nimmt ab und zu einen Taschenrechner zu Hilfe, in den er mit prüfendem Blick einige Zahlen eintippt. Er will unser Bestes. Er hat immer ein Farbfoto von seiner Frau und den Kindern bei sich, das er auf einer Ferienwanderung aufgenommen hat.
Allerdings, wenn es zum Kampf kommt, ist er der Stärkere. Seine Tabellen und sein Taschenrechner verhelfen ihm gewöhnlich zum Sieg. Das eine Mal, seinerzeit, als jener Judenbube gewann, war eine solche Ausnahme, daß man noch während Jahrhunderten davon sprach, denn normalerweise, das muß nochmals gesagt sein, normalerweise ist es immer Goliath, der gewinnt, und David, der verliert.

F. H.

Es lebte eine Riesin mit Namen Mehetabel. Als ihr die Brüste gewachsen und die Hüften runder geworden waren, sehnte sie sich nach einem Mann.

Sie versuchte es zuerst mit einem Menschen. Willst du mich, Mensch? Ja. Gut. Der Mensch war blond und hatte eine helle Stimme, aber er war viel zu klein. Mehetabel schickte ihn wieder weg.

Dann gefiel ihr ein Fels im Abendlicht. Willst du mich? Ja. Gut. Der Fels im Abendlicht war stark und groß, aber er war viel zu hart. Mehetabel schickte ihn wieder weg.

Jetzt war es ein Fluß nach dem Gewitter, der ihr gefiel. Willst du mich? Nein. Du riechst entsetzlich, sagte der Fluß. Wie? Nach verbranntem Holz. Ach!

Noch am selben Abend fand Mehetabel einen andern, einen Ahorn im Wind. Willst du mich? Ja. Gut. Ein schönes Paar! Sie hatten viel Vergnügen miteinander. Nach einem Monat aber machte sich der Ahorn im Wind mit einer Buche davon.

Mehetabel weinte nicht lange oder vielleicht überhaupt nicht. Sie fand Gefallen an einem Apfelbaum im Blust. Willst du mich? Ja. Gut. Der Apfelbaum im Blust war alt. Sie konnte sich auf ihn verlassen.

Mehetabel gebar viele Töchter und Söhne. Allen wuchs auf dem Rücken bemooste Rinde anstelle der Haut. Sie blühten im Frühling, und im Herbst trugen sie ihre Schulpausenäpfel schon bei sich.

J. Sch.

Als ich zur Schule ging, in Olten, ins Bifang-
schulhaus, gab es im Winter noch Pausenmilch.
Diese Milch wurde jeweils von der Molkerei
kurz vor der Zehnuhrpause in die Eingangshalle
des Schulhauses gestellt. Sie war in erhitztem
Zustand in 2-dl-Flaschen abgefüllt worden, die
nun dampfend in Harassen dastanden, an denen Zettel mit dem Namen der Klasse und des
Lehrers klebten, *3. Kl., Lehrer Kasser,* oder *5. Kl.,*
Lehrer Hasler.
Wenn ich mich recht erinnere, steckten auch
bereits die Trinkhalme in den gelochten Kar-
tondeckeln der Fläschchen, und die Räuchlein
der heißen Milch stiegen wie durch Kamine aus
ihnen auf. Wenn man kurz vor der Pause im
Schulzimmer an einem Aufsatz oder einer Rech-
nungsprüfung schrieb und man draußen schon
das Scheppern der Harasse hörte, welche die
Treppen hochgetragen wurden, wußte man,
daß man sich zu beeilen hatte. War man mit der
Arbeit etwas früher fertig, gehörte man vielleicht sogar zu den Pausenmilchträgern. Da ich
öfters mit einer Arbeit etwas früher fertig war,
war ich auch öfters bei den Pausenmilchträgern,
und ich genoß es, mit einem Schulkameraden,
der auch etwas früher fertig geworden war, die
leeren Schulhaustreppen hinunterzuhüpfen und
beim Hinauftragen selbst ein Verursacher des

scheppernden Geräusches zu sein, das für die Leidenden hinter den Schulzimmertüren eine Verheißung war.

Die Milch selbst genoß ich weniger. Ihr Ernährungswert war nicht unbestritten, und vor allem seit ich von einem Pausenmilchgegner die Äußerung gehört hatte, die heiße Milch verfestige sich im Magen zu einem Klumpen, den man fast nicht verdauen könne, mußte ich immer einen leisen Ekel überwinden, wenn ich sie einsog. Ich glaube fast, die Pausenmilch wurde noch während meiner Schulzeit abgeschafft, aber ihren Geruch würde ich überall wiedererkennen, ich bin sogar überzeugt, daß ich, schlüge er mir aus irgendeiner Gaststätte entgegen, mich augenblicklich hineinsetzen und ein Glas voll bestellen würde, mehr noch, ich glaube, daß sich ganze Jahrgänge von Leuten in ein Lokal stürzen würden, an dem geschrieben stünde «Heute Pausenmilch».

F. H.

Ich versuchte zu schreiben, wie er vorschrieb. Die Hand seitlich auf den kleinen Finger zu legen war nicht erlaubt, man durfte sie nur auf seine Spitze stützen. Der Lehrer demonstrierte die gute und die schlechte Haltung an der Wandtafel, dabei sah die gute sehr gut, die schlechte sehr lächerlich aus. Er ging dann durch die Klasse, von einem Schüler zum andern.

Wenn er sich meinem Platz näherte, besonders wenn er von hinten kam, wurden meine Finger starr. Seine Hand nahm die meine und führte sie über das Blatt. Ich sah seine Haut, hellrosa und trocken, und die Poren und kleinen Risse, in denen der Kreidestaub sich gesammelt hatte. Wenn er sprach, spürte ich seinen warmen Atem am Hals.

Er nannte mich «Schubiger»; meinen Vornamen verwendete er kaum, nur wenn er mit mir sehr zufrieden war. Die Mädchen und einige Knaben, zum Beispiel Ueli, sprach er immer mit Vornamen an. Nun ging er weiter zur nächsten Bank, hinkend übrigens, und ich blieb noch eine Weile benommen.

Auf Röntgenbildern hatte er uns den Nagel gezeigt, der seinen Oberschenkel zusammenhielt. Wir freuten uns, wenn er die großen Negative aus seinem Pult nahm, denn das tat er nur

bei guter Laune. Bei schlechter Laune sagte er:
«Ich gebe euch Strafaufgaben, daß euch das
Liegen wehtut!»

J. Sch.

Manchmal stelle ich mir vor, es gäbe Röntgen-
apparate, auf denen man wirklich ins Innere der
Menschen sähe. So wie man auf einem medizi-
nischen Röntgenbild einen Schatten auf der
Lunge orten kann, sähe man dort einen Schatten auf der Seele. Trauer zum Beispiel nähme
die Form dunkler Flecken an, und diese Flecken
könnten überall sein, in allen Körperteilen, es
wäre also ohne weiteres möglich, daß ein Bank-
beamter Trauer in den Händen hätte. Dann
könnte man diesem Bankbeamten sagen, daß
seine Hände traurig sind, und das würde ihn
ebenso überraschen, wie wenn man ihm sagen
würde, er habe einen Schatten auf der Lunge.
Doch vielleicht würde es ihm helfen, er würde
dann zu töpfern beginnen oder zu schreinern,
und seine Hände würden wieder fröhlicher.
Aber eigentlich braucht es dafür keinen Appa-
rat.
Wenn du deinen Nachbarn wirklich anschaust,
wie er sich bewegt und was er tut, dann merkst
du selbst, ob er traurige Füße hat oder einen
traurigen Bauch, ob seine Schultern traurig sind
oder sein Kopf, und wenn du es nicht merkst –
ja, wenn du es nicht merkst, was ist dann?
Dann kennst du auch deine eigene Trauer nicht.

F. H.

Vorgestern hatte ich dieses Gefühl plötzlich in
allen Gliedern.

Ich saß in der Bahn, ein Buch auf den Knien
und vor dem Fenster die Ebene von Müllheim.
Mir gegenüber plauderten zwei Frauen. Einzelne ihrer Wörter fanden Platz zwischen den Sät-
zen in meinem Buch. Dann hörte ich, fast lük-
kenlos, den Bericht über ein Vorkommnis in
einem Wohnblock.

Aus der Küche einer alleinstehenden Alten im
oberen Stockwerk habe man eines Abends regel-
mäßige harte Schläge vernommen. Ging jemand hinauf, um zu reklamieren oder sich besorgt zu erkundigen? Jedenfalls wurde rasch
klar, was es mit dem ungewöhnlichen Geräusch
auf sich hatte.

Die Alte bereitete sich auf den Umzug ins Al-
tersheim vor. Sie hatte ihrer Tochter schon vor
Monaten einen Teil des Hausrates angeboten.
Sie wollte ihre Sachen bei einem vertrauten
Menschen aufgehoben wissen. Die Tochter
suchte sich aber nur ein paar Kleinigkeiten aus
und riet der Mutter, den Rest fortzuwerfen. Die
Alte sollte nun die jahrzehntelang mit Sorgfalt
behandelten Teller und Tassen, die sie mögli-
cherweise mit ihrem verstorbenen Mann noch
ausgesucht hatte, einfach in Kehrichtsäcke füllen. Sie brachte es nicht über sich. Schließlich

machte sie sich die Trennung leichter, indem sie Stück für Stück mit dem Hammer auf dem Fußboden zerschlug.

J. Sch.

Ich saß allein in einem Abteil des Zuges von
Porto nach Coimbra und versuchte, eine portu-
giesische Zeitung zu lesen. Gerade hatte ich mit
Vergnügen festgestellt, daß auf der Unterhal-
tungsseite der alte spanische Schelmenroman
«Lazarillo de Tormes» als Fortsetzungsserie abgedruckt war, als plötzlich die Türe aufging und
mich eine tiefe, klagende Stimme ansprach. Vor
mir stand ein Bub und hielt mir ein paar zer-
knitterte Lose hin, aber ich konnte nicht glauben, daß das seine Stimme gewesen war. Nun
ertönte sie ein zweitesmal, und jetzt erst sah ich,
woher sie kam.

Knapp über dem Boden schaute der Kopf eines
Mannes zur Abteiltür herein, eines Mannes, der
offenbar invalid war und sich von Abteil zu
Abteil schleppte. Die hohle Hand, die er während seines Singsangs ausstreckte, machte seine
Haltung noch erbarmungswürdiger, und ich
gab dem Buben ein paar Münzen, ohne ein Los
zu nehmen, eigentlich wollte ich mich nur von
diesem Anblick loskaufen. Die beiden waren
auch sofort zufrieden, und der Mann zog sich
erstaunlich geschickt mit den Händen weiter
zum folgenden Abteil.

Beim nächsten Halt des Zuges trat ich auf den
Gang hinaus und sah, wie sich der Bub entfern-
te, nachdem der Bettler sich auf einem Gepäck-

wägelchen des Perrons niedergelassen hatte und mit den Händen seine Füße aus den Hosenstößen hervorzog. Ob er etwa doch gehen konnte? Nein, er hatte keine Schuhe an, und seine Beine waren leicht verdreht und bestürzend dünn. Aber das abgrundtiefe Elend war aus seinem Blick verschwunden, und er versuchte gleich, einem Passanten ein Los anzudrehen. Sein Tonfall war, auch als der Passant die Lose nach eingehender Musterung wieder weglegte, ausgesprochen munter, offenbar hatte er im Zug befriedigende Einnahmen gemacht. Jetzt merkte er, daß ich ihm zuschaute; als sich unsere Blicke trafen, lächelten wir beide, und während sich der Zug nun langsam in Bewegung setzte, erhob ich meine Hand zum Gruß, er tat dasselbe, und mit der andern hielt er schon dem nächsten seine Lose hin.

F. H.

Als die Kirchgemeinde St. Ursula in Schwa-
mendingen anläßlich des fünfzigjährigen Jubi-
läums der Kirchenrenovation mit einer in spa-
nischer Sprache verfaßten, vielleicht etwas ungewöhnlichen Bitte an den Schlagerstar Julio
Iglesias, der in diesen Tagen im benachbarten
Hallenstadion singen sollte, herantrat – im vollen Bewußtsein, daß er stark beschäftigt war,
aber ermutigt durch seine Konfession und Herkunft und daran erinnernd, daß St. Ursula viele
spanische Gastarbeiter mit geringer Kirchen-
steuer und hoher Taufenzahl betreute –, mit der
Bitte nämlich, am von St. Ursula-Frauen ehren-
amtlich organisierten Bazar aufzutreten – der
Sigrist sei bereit, ihn mit dem Auto im Hotel
abzuholen und nach der Vorstellung wieder
dorthin zurückzubringen, und am Kuchen- und
Teestand dürfe er sich selbstverständlich nach
Herzenslust gratis verpflegen –, antwortete Julio Iglesias: Nein.

Die Absage, kurz und englisch, unterzeichnet
von einem gewissen C. W. Archeson, traf so spät
ein, daß man die Veranstaltung nicht mehr
absagen konnte. In die Lücke, die sich sofort als
viel zu groß erwies, sprang mutig eine Gruppe
junger Schwamendinger Spiritual-Sänger.

J. Sch.

Als es an einem schönen Sommerabend bei Melchior Zinsli, einem Bergbauern im Safiental, nach dem Eindunkeln noch an die Türe pochte, war er überrascht. Sein Heimwesen war sehr abgelegen, und es war selten, daß um diese Zeit jemand anklopfte. Seine Überraschung legte sich aber wieder, als er sah, wer vor der Türe stand: Es war der Papst.

«Willkommen», sagte Zinsli, «tretet ein. Ihr kommt gerade zur rechten Zeit.»

«Ja», sagte der Papst in gutem Hochdeutsch, «als ich gestern den Wetterbericht hörte, dachte ich, jetzt oder nie.»

«Seid Ihr allein?» fragte Zinsli und warf noch einen Blick vors Haus, bevor er die Tür hinter seinem Gast zuzog.

«Ja», sagte der Papst, «es war nicht ganz einfach, aber ich habe einen Freund in der Schweizergarde, der hat mir geholfen.»

Er zog sein weißes Käppchen ab und legte es erleichtert auf den Stubentisch.

Melchior Zinsli hatte keine weiteren Fragen, sondern hieß den Papst sich setzen und stellte ihm sogleich einen starken Milchkaffee mit Brot und Alpkäse auf. Der Papst sprach allem kräftig zu und wollte dann bald zu Bett gehen. Er freute sich, als ihm Melchior Zinsli die Knechtekammer zeigte mit dem schweren Bett und der großen gewürfelten Bettdecke. Da der Papst ohne Gepäck gekommen war, bot ihm Zinsli auch ein altes, aber sauberes Nachthemd von sich an und für den morgigen Tag ein Paar Drilchhosen und ein Militärhemd.

«Wann stehen wir auf?» fragte der Papst noch, bevor er zu Bett ging.

«Ich muß um fünf Uhr zu den Kühen, aber für Euch langt es, wenn ich Euch um halb sieben Uhr wecke.»

«Herrlich», sagte der Papst und strich mit der rechten Hand über die Bettdecke, «eine Stunde später als im Vatikan.»

Am andern Morgen war er richtig ausgeschlafen, als Melchior Zinsli die Tür einen Spalt öffnete und der Kaffeeduft in sein Zimmer strömte. Die ersten Sonnenstrahlen fielen gerade durchs Fenster, und es versprach ein wunderbarer Tag zu werden.

Melchior Zinsli hatte im Sinn zu heuen, deshalb hatte er dem Papst auch einen Brief geschrieben. Er hatte im «Der Landwirt», einer Zeitschrift für die Bauern, gelesen, daß er, der Papst, sich in einer Ansprache an eine Bauerndelegation der Europäischen Gemeinschaft als Knecht der Menschen bezeichnet hatte, und da hatte er sich hingesetzt und ihm geschrieben, daß er seine Bergbauernwirtschaft alleine be-

treiben müsse und dringend einen Knecht brauchen könne, vor allem zur Zeit des Heuets, und
ob er ihm nicht zwei, drei Tage helfen kommen
könne. Dazu hatte er ihm auf einem Plänchen
eingezeichnet, wie man sein Haus fand.
Und so schritt nun der Papst den ganzen Tag
hinter Melchior Zinsli und seinem «Rapid» her
und verzettelte das Gras, und am nächsten Tag
machten sie mit den Rechen prächtige Schöch-
lein, und am dritten Tag luden sie die Schöch-
lein auf den Brückenwagen und gabelten alles
ins Ansauggebläse der Scheune, und dazwi-
schen aßen sie Roggenbrot und Bündnerfleisch
und tranken Birnenmost und sprachen über
Gott und die Welt, Zinsli mehr über Gott und
der Papst mehr über die Welt, und als die drei
Tage um waren, wunderten sich die Bauern an
den Nachbarhängen, woher sich der Melchior,
der nicht als der Schnellste galt, plötzlich einen
Knecht geholt hatte, und einen tüchtigen dazu.
Der Papst aber hatte Bäcklein wie Berner Rosen, er hatte in dieser Zeit keine einzige Messe
gelesen, geschweige denn sein Brevier, aber er
habe, sagte er Melchior Zinsli zum Abschied,
schon lange nicht mehr das Gefühl gehabt, etwas so Vernünftiges zu tun wie in den drei
Tagen, und er solle ihm schreiben, wenn er
wieder Hilfe brauche, nächstes Jahr würde er

gerne selbst mit dem «Rapid» die Hänge abmä-
hen, er knattere so schön.

Dann stieg er in den Helikopter der Rettungs-
flugwacht, mit dem ihn der Schweizergardist
wieder abholte, und während er winkend him-
melwärts entschwebte und bald als winziger
Punkt zwischen dem Piz Beverin und dem
Bruschghorn verschwand, ging Melchior Zinsli
nachdenklich in sein Bauernhaus und schrieb
noch am selben Abend einen Brief an eine Hei-
ratsvermittlung, denn obwohl er nicht daran
gezweifelt hatte, daß der Heilige Vater seine
Einladung annehmen würde, war ihm doch
klar, daß auf diese Art von Hilfe auf die Dauer
kein Verlaß war, und ein zweitesmal würde er
den Papst ohnehin nicht mehr einladen, denn
an den «Rapid» gehört nun einmal der Meister,
und nicht der Knecht.

F. H.

Als Bub verbrachte ich die Ferien meistens bei
Bauern im Zürcher Weinland. In der ersten
Zeit – gegen Ende des Krieges, ich war etwa
acht Jahre alt – gab es dort noch keine Traktoren. Zwei Kühe wurden vor den schweren, holz-
rädrigen Brückenwagen gespannt: Vroni, ein
altes Tier, das auf einem Auge blind war, und
Gritli, ihre hochbeinige Tochter mit den blon-
den Wimpern.
Im Kuhstall lernte ich die Wonne warmer Berührungen kennen. Während dem Füttern und
Ausmisten hängte ich mich immer wieder mit
beiden Armen zwischen die Hälse fressender
Kühe. Die ruckartigen und sanften Bewegungen
an meinen Rippen machten mich benommen
und froh. Ein ganz ähnliches Gefühl gab mir die
Nähe der beiden heranwachsenden Bauerntöch-
ter. Ich saß dicht neben Beth auf der Bank am
Webstuhl, spürte die Stöße ihres Beines, das
tretend den Zettel verstellte, ihres Armes, der
sich nach dem Schiffchen streckte und dann den
Balken anschlug. Dazu kam, genau auf meiner
Nasenhöhe, der Duft ihrer Achselgruben. Hanni, die Jüngere, war weicher als Beth, weniger
klar begrenzt in ihren schäbigen, verwaschenen
Kleidern. Sie konnte, ohne einmal zu schlucken,
ein ganzes Glas Wasser in ihre Kehle gießen.
An Sommerabenden fuhren wir oft mit dem

Fahrrad zum Baden an die Thur. Hanni nahm
mich auf dem Gepäckträger mit. Auf der steilen
Rampe, die in die sandige Ebene, die «Wüste»,
führt, hielt ich mich an ihren Hüften fest. Die
Mädchen stellten die Räder an eine Föhre im
Auwald. Hinter einer Schwarzdornhecke zogen
wir uns um und gingen dann auf eine Kiesbank
hinaus. Unsere Stimmen, besonders die der
Mädchen, die auf größere Distanzen und auf
einen nicht sehr hellhörigen Vater eingestellt
waren, widerhallten von der jenseitigen
Böschung.
So blieb es, Sommer für Sommer, nur daß ich
später, etwa zwölfjährig, auf einem eigenen Rad
fuhr, daß ich scheuer und neugieriger geworden
war und daß die Mädchen unterdessen viel
breiter auf ihren Sätteln saßen. Eines Abends,
wir waren an unserer Flußbiegung immer ungestört gewesen, stand ein hellhäutiger Mann am
anderen Ufer. Er winkte, und Beth schwamm
hinüber. Ich tauchte in die Strömung, ließ mich
treiben, weiter als je zuvor. Schließlich hielt ich
mich an Weidenästen fest. Ich kehrte zurück
durch den dämmrigen Laubtunnel, der dem
Ufer entlangführt. Beth und Hanni waren verschwunden. Ihre Kleider hingen noch am
Schwarzdornstrauch. Ich pflückte eine der stau-
big-blauen Früchte, zerkaute sie, spürte, wie die

Säure mir den Mund verengte, und lutschte am
Stein. Es war Nacht geworden. Die Mädchen
tauchten aus der Dunkelheit auf. Sie gaben sich
verwundert: sie hätten mich anderswo erwartet
und nach mir gesucht. Wir fuhren schweigend
hintereinander durch den Wald. Der Lichtkegel
von Beths Fahrrad hüpfte vor uns und kündete
Wurzeln und Löcher an; Hanni und ich folgten
auf Rädern ohne Beleuchtung.

Im folgenden Sommer – der Bauer war unterdessen am Most und an der Melancholie gestorben, und Beth lebte bei ihrem Mann jenseits des
Flusses – kam Peter, Hannis Verlobter, als
Knecht ins Haus, zusammen mit einem «Bauernkönig», einem zweiräderigen Traktor mit
Gabellenker. Dieses Fahrzeug brauchte viel
Pflege. Peter hantierte stundenlang mit Schrau-
benziehern, Schlüsseln und Putzfäden daran
herum. Vor dem Haus roch es nun nicht mehr
nur nach Kuhmist, Holunder und Nußbaum,
sondern auch nach Benzin und Öl. Die Walnuß,
heißt es, verscheuche die Fliegen, und der Holunder halte den Teufel fern. Mich hat der
«Bauernkönig» vertrieben.

J. Sch.

Die Bauern halten nicht viel von der Natur.
Sie fahren mit großen Zisternen voll Gift auf die
Felder und treiben ihr das falsche Wachstum
aus. Damit die Getreidesorte ihres Agrarbera-
ters gedeiht, vernichten sie alles, was sich zu
dieser Sorte gesellen will. Auch die Sorte selbst
lassen sie nicht so, wie sie gern werden möchte,
sondern verkürzen ihr den Halm und peitschen
sie zum raschen Wachsen an. Den Boden hetzen
sie zu unaufhörlicher Arbeit, sie übergießen ihn
mit Klärschlamm und bestreuen ihn mit Gra-
nulaten, in ihren Tennen türmen sich Säcke mit
Kalium und Phosphaten für das kontinuierliche
Flächenbombardement. Der Boden ist für sie
kein Element mehr, das sie ehrfurchtsvoll zwischen den Fingern rieseln lassen, kein Verbün-
deter, dem sie Erholung gönnen, sondern ein
Arbeitssklave, dessen Anschaffung amortisiert
werden muß. Dafür werden Hecken und Bäume
niedergemacht, welche dieser Arbeit im Wege
stehen. Auf die Mithilfe der Natur können die
Bauern verzichten, sie haben ja den Stickstoff.
Aber während der Boden mit schweren Maschi-
nen flachgepreßt wird, daß es ihm den Atem
verschlägt, sinnt er schon auf Rache, denn er
erträgt diese Behandlung nicht, sie ist seiner
nicht würdig. Schon weigert er sich, bei starken
Regenfällen die Nässe durchzulassen, und er

benutzt jede Gelegenheit, um sich Schicht für
Schicht davonzumachen, mit seinen Freunden,
dem Wind und dem Wasser, und eines Morgens
wird er ganz verschwunden sein, und die Bauern werden mit starren Gesichtern auf ihren
Traktoren hocken, und sie werden nicht verste-
hen, was passiert ist.

Ihr Agrarberater wird ihnen dann empfehlen,
auf Schweinemast umzustellen.

F. H.

Die einen versorgen die Bauern mit Leghennen-
futter, sichern den Absatz der Eier und setzen
die Preise fest. Die andern setzen außerdem fest,
die Käfighaltung des Geflügels sei Tierquälerei,
was hier das Vieh fett mache, lasse anderswo
die Menschen abmagern, und überhaupt sei es
höchste Zeit, die Zukunft, die schon fast zuende
sei, schwarz zu sehen.
Die Städter haben also das Sagen und außerdem recht.

J. Sch.

Unlängst, als ich an einem Podiumsgespräch über die Probleme unserer Zeit teilnahm und gerade meine Ansicht über die zerstörende Wirkung des Individualverkehrs geäußert hatte, saß plötzlich ein kleines, seltsam unauffälliges Wesen neben mir, ich wußte nicht einmal, war es eine Frau oder ein Mann.

«Wer sind denn Sie?» fragte ich leise.

«Ich bin das Recht», flüsterte das Wesen, «und ich bin auf Ihrer Seite.»

Ich war sehr erfreut.

«Sagen Sie das doch laut», schlug ich vor.

«Sind Sie des Wahnsinns?» zischte das Recht und verkroch sich zitternd hinter meinem Rükken, als nun die Vorwürfe eines Garagistenvertreters auf mich niederprasselten.

F. H.

Das Unrecht hatte eines Tages genug vom flü-
sternden,   zitternden,   sich   verkriechenden
Recht. Es stellte sich ihm in den Weg und sagte:
«Recht, du bist zum Kotzen mit deiner unüber-
sehbaren Bescheidenheit. Man verehrt dich.
Von mir dagegen wendet man sich schon ab,
wenn man nur den Tritt meiner Stiefel hört. Ich
habe, weil ich dir nicht gewachsen bin, gefoltert,
geraubt und gemordet. Es war umsonst. Ich
gebe auf. Das wollte ich dir noch sagen, bevor
ich verreise.»
«Wohin willst du?» fragte lächelnd das Recht,
indem es sich auf dem flachen Absatz drehte.
Genau das war die Frage. Das Unrecht stampf-
te, daß die Sporen klirrten. «Wohin? Wohin?»
schrie es zum Himmel empor.

J. Sch.

Als ich gestern am Hauptbahnhof ins Tram steigen wollte, winkte mir der Chauffeur des einfahrenden Trams zu und deutete auf den hinteren Wagen. Etwas erstaunt ging ich daraufhin zum hinteren Wagen und merkte erst dort, daß der Tramchauffeur nicht mich gemeint hatte, sondern einen älteren Beamten der städtischen Verkehrsbetriebe, der ebenfalls an der Haltestelle gewartet hatte. Er stieg durch die hintere Tür ein, ich durch die mittlere, und jetzt erst sah ich, warum er einstieg. Ein Mädchen war im Sitz gleich neben der Türe zusammengesunken und war offensichtlich nicht mehr ansprechbar.

Der Tramchauffeur erschien nun kurz vor der geöffneten hinteren Türe und verständigte sich mit dem Beamten, der ihm empfahl, weiterzufahren. Während sich der Tramzug in Bewegung setzte, nahm der Beamte über sein Sprechfunkgerät Kontakt mit der Zentrale auf; er sprach sehr diskret, dennoch war zwischen seiner mehrmals wiederkehrenden Forderung «Antworten» das Wort «Drogen» zu hören. Die Antworten quollen als unverständlicher Sprachbrei aus dem Gerät, aber alles wirkte sachlich und eingespielt, und während an der Bahnhofstraße und am Rennweg immer mehr Leute mit zufriedenen Gesichtern und vollen Einkaufstaschen zustiegen, zweifelte ich nicht daran, daß an einer der Haltestellen stadtauswärts eine Ambulanz bereitstehen würde, um das Mädchen aufzunehmen. Es war inzwischen so sehr zusammengebrochen, daß man seinen Kopf nicht mehr über der Lehne des vorderen Sitzes sah, von weitem hätte man jetzt denken können, der Platz sei frei.

Einige Einsteigende erfaßten mit einem Blick den Sachverhalt, aber da ein Beamter dabeistand, war ja alles auf dem richtigen Gleis, man setzte sich ohne Umstände auf die umliegenden Plätze, und es fiel keine einzige Bemerkung, wie ich das eigentlich erwartet hätte, im Gegenteil, das Tram glitt mit einer Ruhe und Selbstverständlichkeit über seine Route, als führe nicht auf dem hintersten Sitz die Einsamkeit und Verzweiflung mit.

Kurz vor der Haltestelle «Bahnhof Enge» meldete sich der Tramchauffeur über den Wagenlautsprecher, um seinem Kollegen zu sagen, er werde so anhalten, daß die hintere Tür auf die Höhe des Eingangs komme. Einen Moment lang überlegte ich, welche Klinik sich denn hier befinde, da sah ich, wie zwei Polizisten aus der Wache heraus auf das Tram zukamen. Sie halfen dem Beamten, «die Dame», wie er sich ausdrückte, aus dem Tram zu heben, dann

nahmen sie sie sehr vorsichtig in die Mitte, jeder
legte einen Arm von ihr über seine Schulter,
einer sagte «Chönnemer gar nümme laufe?»,
und der Beamte nahm die Handtasche sowie
das Köfferchen, das sie bei sich gehabt hatte,
und trug es hinter dem Grüppchen her in den
Polizeiposten.

Die Türe schloß sich mit dem bekannten sanften Zischlaut, das Tram fuhr weiter, und es
schien mir, als sei ringsum Erleichterung spür-
bar. Ich merkte, daß ich nicht erleichtert war.
Alles war zwar menschlich abgelaufen, niemand
war grob gewesen, der Beamte war anständig
gewesen, auch die Polizisten waren anständig
gewesen – aber trotzdem fragte ich mich, warum man einen Menschen, der dringend einen
Arzt braucht, nicht zu einem Arzt bringt, sondern zur Polizei.

F. H.

Eines Abends stand ein kleiner Junge in meiner
Küche, zwischen dem Kühlschrank und der
Tür zum hinteren Zimmer. Blond und blauäu-
gig, so ließe er sich beschreiben, breitbeinig in
schmutzigen Schuhen stehend, auch das wäre
nicht falsch, gewiß, aber doch bei weitem nicht
richtig. Er hatte so etwas, das heißt viel mehr
als etwas, darüberhinaus, und er roch nach
Muskat. Als ich ihn fragte, was er hier wünsche,
sagte er: «Mal vorbeischauen». Er ließ sich eine
Tasse Tee aufgießen. Ich wollte mich eben nach
seinem Namen erkundigen, da sagte er: «Mabohutzwitl», das bedeute soviel wie ‹Einer, der
kommt und geht›. «So nennen wir die Wolken
bei uns», fügte er bei, indem er den Löffel über
die Zunge zog und sich das warme Metall an die
Wange hielt. «Bei euch?» fragte ich. Er nickte;
auf weitere Fragen blieb er stumm. Die Unter-
haltung war mühsam; während ich sprach,
schielte er abwechslungsweise auf die Nase und
nach den Schläfen hin. Ich holte schließlich
einen Kasten mit Bauklötzen, den ich für Besu-
che mit Kindern bereithalte. Mabohutzwitl bedankte sich sehr höflich, rührte ihn aber nicht
an. Bauklötze waren wohl nicht das Richtige.
Mabo, so nannte ich ihn unterdessen, schlief im
Zimmer hinter der Küche. Am folgenden Tag,
bevor ich zur Arbeit ging, erklärte ich ihm, wo

in der Wohnung und im Kühlschrank was zu finden und wie der Fernseher zu bedienen sei. Es sollte dem Jungen an nichts fehlen.

Ich fühlte mich bei der Arbeit sehr müde. Am Abend brachte ich Mabo ein Polizeiauto mit zwei Polizisten unter dem abnehmbaren Dach. Mabo stand auf einem Bein und bohrte dazu in der Nase. Ich mußte das Paket selber öffnen. Er bedankte sich sehr, indem er das Bein und das Nasenloch wechselte. Es war schwierig, es ihm recht zu machen. Wir kochten und aßen zusammen. Mabo erzählte die wildesten Geschichten, unter anderem vom Wind, einem «Vater Wind», der in den Zwischenräumen zu Hause sei. Dabei wedelte er mit der Hand, die das Messer hielt.

Am nächsten Morgen fiel es mir schwer, körperlich schwer, von Mabo wegzugehen. Meine Beine und Arme fühlten sich den ganzen Tag wie Beton an. Als ich zurückkehrte, einen Drehkran und einen Krankenwagen in einer Plastiktasche, lag Mabo in den Teppich eingerollt auf dem Wohnzimmerboden. Ich schob die Tasche in die Teppichröhre. Als Mabo auf der anderen Seite herauskroch, hatte er das Geschenk nicht bei sich. Ich dachte, er brauche eine Anregung, wie das Spielzeug zu verwenden sei, und fing an, Motorengeräusche zu imitieren, an einer

Kurbel zu drehen, ein Lämpchen aufglühen und eine Sirene heulen zu lassen. Mabo schaute mir aufmerksam zu, das war alles.

Was ich an diesem Abend schon hätte ahnen können, geschah: Mabo verschwand am folgenden Tag. Er hinterließ einen Zettel. «Ich schenke dir einen Namen», stand darauf geschrieben. «Du sollst Mabodaulatl heißen.»

Ich habe nie erfahren, was der Name bedeutet. Sein Klang macht mich traurig, meine Ohren summen wie Bienen, ich rieche Muskat, wenn ich ihn vor mich hin spreche, und manchmal überkommt mich eine wunderliche Zerstreutheit.

J. Sch.

Als ich mit einer Gruppe von Schweizer Künst-
lern in China war, bekam jeder Teilnehmer eine
Visitenkarte, auf welcher sein Name in chinesi-
scher Schrift stand. Wenn ich meine Karte einem Chinesen hinhielt, las er etwas wie «Oliee
Flaz». Damit war ich gemeint.
Einmal kam ich, als ich mich von der Reise-
gruppe entfernt hatte, am Stand eines Grab-
kranzschleifenschreibers vorbei. Mit Tusche
schrieb er die Namen der Verstorbenen oder der
Spender des Kranzes oder wohl auch letzte
Grüße auf die Schleifen, die an den Kränzen
befestigt wurden, Kränzen aus lauter Papier-
blumen übrigens. Nachdem ich ihm eine Weile
zugeschaut hatte, trat ich zu ihm hin, zeigte ihm
meine Karte und fragte ihn, ob er mir meinen
Namen mit Tusche auf eine Schleife schreiben
würde. Obwohl ich auf schweizerdeutsch fragte,
verstand er sofort, was ich meinte und lehnte
meine Bitte ab. Mein Anliegen hatte aber bereits etliche Passanten angezogen, welche nun
offensichtlich beim Kranzschleifenschreiber für
mich Partei ergriffen, und zwar so nachdrück-
lich, daß der Schreiber schließlich ein Stück
Seidenpapier abtrennte, mein Kärtchen dane-
benlegte und meinen Namen zu schreiben begann, von oben nach unten. Alle, die dabeistan-
den, lasen langsam mit, was er schrieb, und die

Laute «Oliee Flaz» gingen halblaut und an-
dächtig von Mund zu Mund.

Natürlich wollte ich ihm etwas bezahlen, und
natürlich wollte er nichts dafür haben, sondern
schenkte mir meinen Namen.

Er hängt noch jetzt an der Tür meines Arbeits-
zimmers, und manchmal denke ich, daß ich nur
nach China zu gehen bräuchte, und dann wäre
ich jemand anders, und alle wären überzeugt,
daß ich Oliee Flaz heiße und würden mich
freundlich grüßen.

F. H.

Wenn ich aus der Stadt ins Dorf zurückkomme, schreit meine Nachbarin «Schubiger!» über
den Weg, ohne «Herr» und immer gleich
laut, ob die Holzfräse ihres schwerhörigen
Mannes läuft oder nicht. Ich winke erschrok-
ken. Zu ihrem Gruß gehört dann die Frage:
«Soo, bringen Sie schönes Wetter?» Ich wußte lange nicht, was ich darauf antworten
sollte. Jetzt rufe ich lachend zurück, mit
einem Blick gegen Westen: «Ja, wenn's nur
anhält!»
So viel habe ich unterdessen gelernt. Bin ich
aber dabei, den Garten umzustechen, und sie
ruft herüber: «Soo, suchen Sie Gold?» oder
«Soo, verlochen Sie eine Katze?» was soll ich
dann entgegnen? «Nein, Ostereier» oder «nein,
ein Kamel?» Ich finde keine Wendung, die der
ihren gerecht wird. Wenn sie vor zwölf mit dem
Motorrad vom Einkaufen kommt und ich mich
erkundige: «Soo, gibt's etwas Gutes?» erwidert
sie: «Nichts, gar nichts. Nur die Füße unter dem
Tisch.»
Um mich zu rüsten, lege ich nun eine Samm-
lung von Grußformeln an. Ich freue mich auf
den Augenblick, in dem ich ihr mit einem Kopf-
verband oder Gipsbein begegne und ihre Frage:
«Soo, sind Sie aus dem Bett gefallen?» schlagfer-
tig mit «Nein, man hat mich hinausgeworfen»

beantworten kann. Ungeduldig warte ich auf einen Schwartenriß oder Beinbruch.

J. Sch.

Letzthin saß ich spätabends in einer Kneipe mit Leuten zusammen, die ich alle eben erst kennengelernt hatte. Zuvor war ich mit meinem Kabarettprogramm aufgetreten, nun war man noch mit dem Veranstalter und seinen Freunden hier, und die Stimmung war angeregt.

Mir schräg gegenüber saß eine junge Theologin, mit der ich in ein Gespräch über die Integration ausländischer Schulkinder geriet. Als ich dabei zufällig ihren Fuß unter dem Tisch berührte, zog sie ihn nicht zurück, und da sie eine überaus angenehme Erscheinung war, mit einem schwarzen Roßschwanz und dunklen Augen, zog ich meinen Fuß auch nicht zurück, und so sprachen wir weiter, und es wurde ein schönes Gespräch, in dessen Verlauf Türken- und Jugoslawenschüler die einheimischen Kinder immer stärker durch ihre Andersartigkeit befruchteten und die stofflichen Lernziele Stück um Stück über Bord geworfen wurden zugunsten sozialer Grunderfahrungen, und es entstand, während ich den Druck meines Fußes erhöhte und sie ihm lächelnd standhielt, ohne sich etwas anmerken zu lassen, eine Eintracht und Verträglichkeit in unseren Schulen, die behutsam auf die ganze Gesellschaft überzugreifen begann und ihr die erstaunlichsten Impulse zu geben vermochte, ein unaufhaltsamer Kinderkreuzzug globaler Versöhnung war in Gang gekommen und mußte in Kürze alles zum Guten wenden, und die Hauptverschwörer des Guten waren unsere Füße, die sich unter dem Tisch durch ständigen Druck und Gegendruck die Treue schworen, und ich glaube, die Welt sähe heute schon anders aus, wenn die schlanke Theologin nicht plötzlich aufgestanden wäre und sich freundlich verabschiedet hätte, während sich unsere Füße immer noch berührten, im Feuer der Welterlösung berührten, und einen Moment lang begriff ich einfach nicht, wie sie gleichzeitig zur Tür hinausgehen und meinen Augen entschwinden konnte.

Dann zog ich meinen Fuß langsam vom Tischbein zurück und sagte an diesem Abend nicht mehr viel.

F. H.

Eine magere junge Frau in weiten weißen Shorts und weißem T-Shirt am Ufer eines Sees, ins Wasser blickend. Drei Schritte neben ihr, mit dem Rücken zum Wasser, ein junger Mann, ebenfalls in Shorts, deren Beinöffnungen er mit kräftigen Schenkeln füllt. Aus der Bewegung seines Kinns zu schließen, redet er heftig auf die Frau ein. Zwischendurch nähert er sich ihr und berührt sie. Er bringt es fertig, sie dabei zugleich anzurempeln und zu streicheln, als wolle er sie in Richtung auf seinen Standpunkt gleichzeitig stoßen und verführen. Sie antwortet, ohne den Blick vom Wasser abzuwenden, indem sie mit Kopf und Schultern zuckt. Gerade jetzt tut sie es wieder. Sie scheint nur ein Argument, und dazu noch ein schlechtes, zu haben, auf das sie sich mit beiden Beinen versteift. Die junge Frau und der junge Mann können nicht von- und nicht zueinander, denke ich mir, und bleiben in ihrer Enttäuschung aufeinander angewiesen. Ich würde nicht mehr über sie erfahren, wenn ich sie auch noch reden hörte.

J. Sch.

Ein Mann erwachte einmal nachts und wollte
seine Frau berühren, die neben ihm schlief. Im
Dunkel fand er sie aber nicht sogleich, er bemerkte bloß zu seiner Verwunderung, daß ihr
Bett von seinem ziemlich weit abgerückt war, so
weit, daß er aufstehen mußte, um zu ihr zu
gelangen. Da er sie unbedingt kurz berühren
und ihr den Nacken streicheln wollte, stand er
auch wirklich auf, rutschte aber sofort einen
kleinen Abhang hinunter und kam in ein Kanälchen mit schmutzigem Wasser zu stehen, über
das von irgendwoher eine Straßenlaterne schimmerte. Er sah etwas Dunkles zu seinen Füßen
vorbeihuschen und hörte gleich darauf das
Wasser glucksen. Schaudernd versuchte er, aus
dem Kanälchen hinauszusteigen, was ihm aber
wegen des steilen Abhanges, der durch und
durch mit nassem, glitschigem Gras bestanden
war, nicht gelang, und auf der andern Seite fand
er nur eine senkrechte Betonwand vor. Weiter
unten glaubte er jedoch in die Mauer eingelas-
sene Metallsprossen zu sehen, und so bewegte
er sich kanalabwärts, mit großer Vorsicht, da er
im knöcheltiefen Wasser gehen mußte, in dem
allerhand Abraum schwamm. Jetzt floß der Ka-
nal durch einen Tunnel, und er sah, daß sich im
Tunnel drin diese Sprossen befanden, also
nahm er sich zusammen und trat in den Tunnel

ein. Bei den Sprossen angelangt – woher kam nur das matte Licht? – stieg er sogleich hinauf und kam zu einem Dolendeckel, den er mit seiner ganzen Kraft aufstemmte und so weit zur Seite schob, daß er sich zum Loch hinauszwängen konnte. Ächzend stieß er den Deckel wieder zu und stand nun neben dem Bett seiner Frau, die tief und ruhig schlief. Ungläubig streichelte er ihr den Nacken und schob dann ihr Bett so leise wie möglich wieder neben seins. Gerne hätte er sich im Badezimmer seine übelriechenden Füße gewaschen, aber er getraute sich nicht hinauszugehen und legte sich wieder in sein Bett, hielt die Hand so, daß er ganz leicht den Kopf seiner Frau berührte, atmete heftig auf und fiel bald in einen langen, wunderbaren Schlaf.

F. H.

Ich lernte ihn, den 1890 geborenen, heute
fast vergessenen Dichter, erst im hohen Alter
kennen. Wenige Jahre zuvor hatte er noch Alt-
griechisch und Italienisch studiert, je zwei
Stunden täglich. Nun war er sehr starr geworden.

Er verließ das Bett oft um drei oder vier Uhr
nachts, kleidete sich in eigensinnigem Drunter-
und-Drüber an, setzte sich in die Küche zum
Morgenessen, das aus Milchkaffee und Butter-
brot mit Honig bestehen mußte. Dann ließ er
sich in der Regel wieder zum Schlafengehen
überlisten.

Ihn ausdrücklich dazu zu überreden, war
schwierig, denn Worte beantwortete er mit Fragen: «Wer bist du? Wo ist Walter? Wo ist
Luise?» Wenn er sich so nach seinen Geschwistern erkundigte, hatte er einen ganz und gar
hellblauen Blick. Nach seinem Vater rief er
durch zwei Zimmertüren hörbar und hochdeutsch: «Vater».

Sein zaghafter Gang entsprach seiner Alters-
demenz. Ich hatte dabei aber stets den Eindruck, der Mann trete schon mit dem nächsten
Schritt in eine überaus wirkliche Leere, die
ein untergegangener Landstrich unserer ge-
meinsamen Welt hinterlassen hat.

«Keiner weiß, wohin er fällt, wenn er den Fuß

hebt», lautet eine der letzten Eintragungen im Notizheft von K. B.

J. Sch.

Was hat Scott, von Polarstürmen umtobt, mit erfrorenen Händen als letztes in sein Tagebuch geschrieben? Ich weiß es nicht, aber als Bub habe ich einmal einen Film über den Kampf um den Südpol gesehen, am Sonntagmorgen nach der Kirche, und da hörte man, während gewaltige Schneemassen über das halb zerrissene Zelt des unglücklichen Forschers getrieben wurden, eine Stimme, welche die letzten Stellen aus seinem Tagebuch vorlas, und zum Schluß, glaube ich mich zu erinnern, sagte sie: «So behüte Euch denn Gott, alle meine Lieben.»

Ob das wohl stimmt? Wäre es nicht möglich, daß Scott als letztes geschrieben hat: «15 g Pemmikan an Hund verfüttert?» Oder waren die Hunde schon tot? Oder hatte er die Ponies, und Amundsen war der mit den Hunden? Ich werde das alles wieder einmal nachlesen müssen, doch ich wünsche mir, daß Scott die Zuversicht besessen hat, unmittelbar vor dem Ende seines Lebens noch eine Eintragung wie die zweite zu machen.

Morgen gehe ich für eine Woche weg. Neben meiner Schreibmaschine liegt immer ein Notizblock, wo ich mir zwischendurch aufschreibe, mit wem ich noch telefonieren oder was ich noch erledigen sollte. Falls ich nicht mehr zurückkomme, heißt meine letzte Eintragung:

Peter Müller tel.
Werner Maurer tel.
Bergschuhe?
Post umbestellen

F. H.

Gestern, in der Abenddämmerung, ging ich auf
den Hof hinaus, um die Zigaretten zu holen, die
noch auf dem Gartentisch lagen. Mit dem linken Fuß trat ich dabei unvermutet auf etwas
Weiches, die Vorstellung eines Gummireifens
stellte sich ein, erwies sich aber sofort als falsch,
denn das Weiche rollte mit eigener Bewegung
unter der Sohle weg. Es war Füchschen, der
junge, rot-weiß getigerte Kater des Nachbars.
Er lag auf der Seite, sah unheimlich flach aus
und atmete stoßweise. Ich bettete ihn in eine
Schachtel, die wir mit einem Handtuch ausge-
schlagen hatten.
Das Tier ist vor zwölf Wochen in unserer Stube
zur Welt gekommen. Seine Mutter hatte für ihre
erste Geburt unsere Nähe oder auch bloß den
Teppich unter dem Tisch gesucht. Wir sahen,
wie die Wehen, zuerst beschränkt auf Kontrak-
tionen im Bauch, schließlich den ganzen Körper
bewegten, wie die Katze sich von schleimigen
Beuteln befreite, wie sie sie mit der Zunge rei-
nigte und massierte. Den dritten Beutel ließ sie
liegen. Ich setzte ihn ihr vor die Schnauze, bis
sie auch diesen zu lecken anfing. So kam Füchschen zum Leben. Seine Atem- und Saugbewe-
gungen waren schon am dritten Tag von einer
Art Niesen unterbrochen. In den folgenden Wochen entwickelte sich eine eitrige Infektion der

Luftwege und der Augen. Da die Nachbarn ihre
kranken Katzen stets beseitigen – «abe schlaa»
nennen sie's unmißverständlich –, übernahmen
wir es, mit Füchschen zum Tierarzt zu gehen.
Mein gestriger Tritt hat sein Leben ein weiteres
Mal bedroht. Die linke Vorderpfote in der Luft,
machte er heute ein paar mühsame Schritte.
Nun liegt er neben mir. Wenn ich ihn berühre,
schnurrt er so heftig, daß die Erschütterung
durch seinen ganzen Körper geht.

J. Sch.

Meine beiden Buben kaufen mit ihrem Taschengeld gern Dinge, die sie ohnehin schon
haben, z. B. Notizblöcke, Radiergummis, Blei-
stiftspitzer oder Bleistifte. Gelegentlich kommen sie wieder mit einem Bund Bleistifte nach
Hause, wie man vom Markt mit einem Bund
Spargeln kommt. «Unheimlich günstig», sagen sie dann, «10 Stück für 1.20. Im Mi-
gros.» Die Frage nach dem Wozu stelle ich
nicht. Kinder sollen mit ihrem Taschengeld
kaufen, was ihnen Spaß macht, und wenn
sie 50 Bleistifte brauchen, dann ist das ihre
Sache.

Doch wenn ich im Garten oder im Sandhaufen
Bleistifte finde, die vom Regen gebleicht sind,
oder entzweigebrochene und spitzlose auf der
Estrichtreppe, oder unten im Keller solche, deren Holzmantel durch die Feuchtigkeit gebors-
ten ist, so daß die Mine offen daliegt, dann ist
es plötzlich auch meine Sache. Ich denke dann
an die Geschichten, die ich mit einem einzigen
Bleistift aufschreiben könnte, an die Entwürfe,
die eine Mine hergäbe, wäre sie nicht so erbar-
mungswürdig bloßgelegt, an all die Gedanken,
die hier wie ungeboren herumliegen, und dann
tut mir der Anblick von zerbrochenen Bleistif-
ten weh, und ich wünsche mir, meinen Buben
gehe es ebenso.

Aber meinen Buben geht es ganz anders, und
eigentlich geht es ihnen nicht schlecht.

F. H.

Du schreibst Deine Entwürfe also mit Bleistift, auch Du, mit dem einfachen, klugen Gerät? Dann kennst Du das Gleiten der Mine, Härte zwei, auf dem leicht rauhen Papier, die Wonne, dem Widerstand zu begegnen, der Deinem Schreibtempo entspricht. Du kannst demnach auch mit Messern umgehen. Mit kleinen, gebogenen Klingen, das weißt Du, spitzt sich's am besten; große Küchenmesserklingen müssen anders an die Mine herangeführt werden, mit einer Bewegung, die steil beginnt und gegen die Spitze zu flach ausläuft.

Wie gehst Du beim Schleifen der Messer vor? Ich verwende feinstgekörntes Karborundum, das ich mit Nähmaschinenöl anfeuchte.

Und was fängst Du mit Bleistiftstummeln an? Verwendest du verlängernde Halter? Mit Stiften, die kürzer sind als meine Finger, schreibe ich nicht mehr. Ich werfe sie auch nicht weg, sie verschwinden einfach.

Nun weiß ich, lieber Franz, was Dich mir so vertraut macht.

Du verwendest doch wohl keine Spitzer?

J. Sch.

Doch.

F. H.

Franz Hohler · Wie ich mich fühle 5

Jürg Schubiger · Und ich 6

Franz Hohler · Der Zuruf 8

Jürg Schubiger · Auf der Terrasse 9

Franz Hohler · Der Korbsessel 11

Jürg Schubiger · Ein Stuhl 13

Franz Hohler · Mein Tisch 15

Jürg Schubiger · Tischgenossen 18

Franz Hohler · Im Sex-Shop 20

Jürg Schubiger · Das Ereignis 21

Franz Hohler · Es ist nie zu spät 24

Jürg Schubiger · Die Ehepartner 26

Franz Hohler · Der Schrank 28

Jürg Schubiger · Wohngemeinschaft 31

Franz Hohler · Ratten 34

Jürg Schubiger · Der weiße Chinese 36

Franz Hohler · Das Skiliftbillett 37

Jürg Schubiger · Stine Lawine 40

Franz Hohler · Die Bergstation 41

Jürg Schubiger · Ausnahmsweise 44

Franz Hohler · Der Sturz 45

Jürg Schubiger · Nachbarn 48

Franz Hohler · Unfälle 50

Jürg Schubiger · Glücksfälle 52

Franz Hohler · Der Pechvogel 54

Jürg Schubiger · Hedwig 57

Franz Hohler · Die Namensänderung 60

Jürg Schubiger · Alles neu 63

Franz Hohler · Das Denkmal. Eine
Enthüllung   65

Jürg Schubiger · Ja, zum Beispiel
«Enthüllung»   69

Franz Hohler · Die Grillparty   71

Jürg Schubiger · Die Hand auf dem Grill   74

Franz Hohler · Ein interessantes Gespräch   76

Jürg Schubiger · Das Jenseits   79

Franz Hohler · Das Diesseits   81

Jürg Schubiger · Der Fährmann   82

Franz Hohler · Geschichte   84

Jürg Schubiger · Morts pour la patrie   85

Franz Hohler · Der tägliche Tod   87

Jürg Schubiger · Meine Großmutter
väterlicherseits   89

Franz Hohler · Ein schönes Foto   92

Jürg Schubiger · Reise im Spätherbst   95

Franz Hohler · La Svizzera   99

Jürg Schubiger · David   101

Franz Hohler · Goliath   103

Jürg Schubiger · Mehetabel   104

Franz Hohler · Die Pausenmilch   106

Jürg Schubiger · Ein Lehrer   108

Franz Hohler · Dunkle Flecken   110

Jürg Schubiger · Schläge   111

Franz Hohler · Lazarillo de Tormes   113

Jürg Schubiger · Die Anfrage   115

Franz Hohler · Der Knecht   116

155

Jürg Schubiger · Der «Bauernkönig»   120
Franz Hohler · Die Bauern   123
Jürg Schubiger · Die Städter   125
Franz Hohler · Das Recht   126
Jürg Schubiger · Das himmelschreiende
Unrecht   127
Franz Hohler · Ein Vorfall   128
Jürg Schubiger · Mabo   131
Franz Hohler · Der geschenkte Name   134
Jürg Schubiger · Grüßen   136
Franz Hohler · Die Füße unter dem Tisch   138
Jürg Schubiger · Dialog   140
Franz Hohler · Die Berührung   141
Jürg Schubiger · K. B.   143
Franz Hohler · Die letzte Eintragung   145
Jürg Schubiger · Füchschen   147
Franz Hohler · Zerbrochene Bleistifte   149
Jürg Schubiger · Lieber Franz   151
Franz Hohler · Lieber Jürg   152